青少年人生必读的好故事丛书

让青少年学会感激他人的150个故事

本书编写组◎编

这些好故事就像一颗颗璀璨的明珠，不会因岁月的流逝而失去夺目的光华，不会因年代的久远而黯淡迷人的风采。它们在岁月的长河中清晰地记录着孩子成长的心路历程……

QINGSHAONIAN RENSHENG BIDU DE HAOGUSHI CONGSHU

世界图书出版公司
广州 · 北京 · 上海 · 西安

图书在版编目（CIP）数据

让青少年学会感激他人的150个故事／《让青少年学会感激他人的150个故事》编写组编．—广州：广东世界图书出版公司，2010.4（2024.2重印）

ISBN 978－7－5100－2226－5

Ⅰ．①让… Ⅱ．①让… Ⅲ．①故事－作品集－世界 Ⅳ．①I14

中国版本图书馆CIP数据核字（2010）第070736号

书　　名	让青少年学会感激他人的150个故事 RANG QINGSHAONIAN XUEHUI GANJI TAREN DE 150 GE GUSHI
编　　者	《让青少年学会感激他人的150个故事》编写组
责任编辑	张梦婕
装帧设计	三棵树设计工作组
出版发行	世界图书出版有限公司　世界图书出版广东有限公司
地　　址	广州市海珠区新港西路大江冲25号
邮　　编	510300
电　　话	020-84452179
网　　址	http://www.gdst.com.cn
邮　　箱	wpc_gdst@163.com
经　　销	新华书店
印　　刷	唐山富达印务有限公司
开　　本	787mm×1092mm　1/16
印　　张	10
字　　数	120 千字
版　　次	2010年4月第1版　2024年2月第11次印刷
国际书号	ISBN　978-7-5100-2226-5
定　　价	48.00元

前 言

人的一生中，小而言之，从小时候起，就领受了父母的养育之恩；等到上学，有老师的教育之恩；工作以后，又有领导、同事的关怀、帮助之恩；年纪大了之后，又免不了要接受晚辈的赡养、照顾之恩。大而言之，作为单个的社会成员，我们都生活在一个多层次的社会大环境之中，都首先从这个大环境里获得了一定的生存条件和发展机会，也就是说，社会这个大环境是有恩于我们每个人的。

而且在人生的道路上，充满了曲折坎坷，不知有多少艰难险阻，甚至遭遇挫折和失败。在危困时刻，有人向你伸出温暖的双手，解除生活的困顿；有人为你指点迷津，让你明确前进的方向；甚至有人用肩膀、身躯把你擎起来，让你攀上人生的高峰……你最终战胜了苦难，扬帆远航，驶向光明幸福的彼岸。那么，你能不心存感恩吗？你能不思回报吗？感恩的关键在于回报意识。回报，就是对哺育、培养、教导、指引、帮助、支持乃至救护自己的人心存感恩，并通过自己十倍、百倍的付出，用实际行动予以报答。

感恩，说明一个人对自己与他人和社会的关系有着正确的认识；报恩，则是在这种正确认识之下产生的一种责任感。没有社会成员的感恩和报恩，很难想象一个社会能够正常发展下去。在感恩的空气中，人们对许多事情都可以平心静气；在感恩的空气中，人们可以认真、务实地从最细小的一件事做起；在感恩的空气中，人们自发地真正做到严于律己宽以待人；在感恩的空气中，人们正视错误，互相帮助；在感恩的空气中，人们将不会感到孤独……

可以说，感恩是每一个人与生俱来的本性，是每一个人不可磨灭的良知，也是现代社会成功人士健康性格的表现，一个连感恩都不知晓的人必定是拥有一颗冷酷绝情的心。在人生的道路上，随时都会产生令人动容的感恩之事。

为了让广大青少年朋友学会感恩，感恩父母，感恩老师，感恩同学，感恩朋友，乃至感恩素不相识的陌生人，我们组织编写了这本《让青少年学会感激他人的150个故事》。从这些故事中，我们可以深刻地理解到怀着感恩之心对人生是多么重要！希望广大青少年朋友都能有一颗感恩的心，并用这颗感恩之心来回报父母、老师、同学、朋友，乃至陌生人！

目 录

回报天下的父母心

感恩知识的引路人

易地以处学会感恩

爱让我们学会感恩

理解也是一种感恩

回报天下的父母心

HUI BAO TIAN XIA DE FU MU XIN

视而不见的恩情

一个小女孩与母亲吵架后愤然而跑。跑了很远很远的路后，小女孩来到一个点心摊前，摆摊的是一位慈眉善目的老妇人。

小女孩感到饥渴难忍，她一摸口袋却身无分文。老人好像看出了小女孩的心思，便请她吃了一碗馄饨。吃着热气腾腾的馄饨，小女孩百感交集，泪水不由自主地涌了出来。

老妇人连忙问是怎么回事。

小女孩说："我们不认识，你却待我这么好，愿意煮馄饨给我吃；我妈妈却和我吵架，把我赶出来……"

老妇人听了，平静地说："孩子，你怎么会这样想呢？你想想看，我只不过煮了一碗馄饨给你吃，你就这么感激我；而你妈妈煮了十多年的饭给你吃，你怎么不感激她呢？你怎么还要跟她吵架？"

女孩愣住了。当她匆匆吃完馄饨，跑到家附近时，一下就看到疲惫不堪的母亲正在路口四处张望……

看到女儿后，母亲脸上立显喜色："赶快过来吧，饭早就做好了，你再不回来吃，菜都要凉了！"

这时，女孩的眼泪又开始掉下来了！是啊，有时我们会对别人给予的小恩小惠"感激不尽"，却对亲人一辈子的恩情"视而不见"。

聋哑女儿的感恩

一个小镇上，有一个靠捡垃圾为生的女人，她有一个相依为命的聋哑女儿。

每天，妈妈都早出晚归，艰难地维持着两个人的生活。一晃几年过去了，小女孩长到了十几岁。这时，小女孩发现：妈妈的鬓发已经花白，腰也弯了，脚步也变得迟缓了……小女孩知道：妈妈老了！但小女孩无法用语言表达自己对妈妈的感激。

于是，她在心底暗暗告诉自己：一定要让妈妈过上好日子。

妈妈每天回家的时候，是她一天中最快乐的时刻，因为妈妈会给她带回一块年糕来。她们这个贫穷的家庭里，一块小小的年糕，可谓是美味佳肴了！

一天早晨，妈妈又要出门捡垃圾去了。小女孩看着母亲消瘦的背影，流下了眼泪。忽然，小女孩眼睛一亮，用手语告诉妈妈："妈妈，今天晚上您一定要早点儿回家，我要为您做一顿最香、最可口的晚餐。"妈妈听了，脸上泛出了微笑……

这天，是小女孩生命里过得最慢的一天，她等啊、盼啊，好不容易等到太阳落山。

小女孩高高兴兴地做好了晚饭，盼着和妈妈吃这顿最幸福、最有意义的晚餐。小女孩站在家门口等啊等，从黄昏等到日落，但妈妈还是没有回来；她焦急地站在家门口望啊望，从日落望到夜晚，还是看不到妈妈的身影……

这时，狂风大作，下起了大雨……天空漆黑，一阵一阵交加的风雨侵袭着大地……

天，越来越黑；雨，越下越大……小女孩越来越担心妈妈了。她决定顺着妈妈每天回来的路去找妈妈。她走啊走，走了很远……

突然，她看到了倒在路边的妈妈，她马上跑过去抱起妈妈，使劲儿摇晃着妈妈的身体，她在心里说："妈妈，女儿已经为您做好了我们有生以来最丰盛的晚餐，您怎么躺在这里呢？您不想吃一口吗？"但是，不管小女孩怎么摇晃，妈妈却一句话也不说。

此时，她才明白：妈妈已经离开了她；妈妈已经告别了人间！小女孩十分恐惧，她拉着妈妈的手使劲摇晃。她发现，妈妈的手里还紧紧地攥着一块年糕……

她拼命地哭，却发不出一点儿声音……她知道，妈妈再也不会醒来，再也不会回来了。小女孩一边哭，一边为妈妈擦去脸上的雨水……

不知过了多久，雨也不知下了多久，小女孩只是跪在妈妈面前，一遍一遍地用手语诉说着那首《感恩的心》……

小女孩虽然不会说话，但她有一颗善良而纯洁的心，她懂得用一颗感恩的心去面对生命中为她遮风挡雨的母亲，无论多么坎坷辛苦，无论多大的风雨，她都可以勇敢地去面对，永不放弃。

打给父亲看的球

有一个男孩，他与父亲相依为命，父子感情特别深。男孩喜欢橄榄球，虽然在球场上常常是板凳队员，但他的父亲仍然场场不落地前来观看，每次比赛都在看台上为儿子鼓劲。

整个中学时期，男孩没有误过一场训练或者比赛，但他仍然是一个板凳队员，而他的父亲也一直在鼓励着他。

当男孩进了大学，他参加了学校橄榄球队的选拔赛。能进入球队，哪怕是跑龙套他也愿意。人们都以为他不行，可这次他成功了。教练挑选了他是因为他永远都那么用心地训练，同时还不断给别的同伴打气。

但男孩在大学的球队里，还是一直没有上场的机会。转眼就快毕业了，这是男孩在学校球队的最后一个赛季了，一场大赛即将来临。

那天男孩小跑着来到训练场，教练递给他一封电报，男孩看完电报，突然变得死一般沉默。他拼命忍住哭泣，对教练说："我父亲今天早上去世了，我今天可以不参加训练吗?"教练温和地搂住男孩的肩膀，说："这一周你都可以不来，孩子，星期六的比赛也可以不来。"

星期六到了，那场球赛打得十分艰难。当比赛进行到 3/4 的时候，男孩所在的队已经输了 10 分。就在这时，一个沉默的年轻人悄悄地跑进空无一人的更衣间，换上了他的球衣。当他跑上球场边线，教练和场外的队员们都惊异地看着这个满脸自信的队友。

"教练，请允许我上场，就今天。"男孩央求道。教练假装没有听见。今天的比赛太重要了，差不多可以决定本赛季的胜负，他当然没有理由让最差的队员上场。但是男孩不停地央求，教练终于让步了，觉得再不让他上场实在有点对不住这孩子。"好吧，"教练说，"你上去吧。"

很快，这个身材瘦小、寂寂无名、从未上过场的球员，在场上奔跑、过人，拦住对方带球的队员，简直就像球星一样。他所在的球队开始转败为胜，很快比分打成了平局。就在比赛结束前的几秒钟，男孩一路狂奔冲向底线，得分！赢了！男孩的队友们高高地把他抛起来，看台上球迷的欢呼声如山洪暴发！

当看台上的人们渐渐走空，队员们沐浴过后一一离开了更衣间，教练注意到，男孩独自一人安静地坐在球场的一角。教练走近他，说："孩子，我简直不能相信，你简直是个奇迹！告诉我你是怎么做到的？"

男孩看着教练，泪水盈满了他的眼眶。他说："你知道我父亲去世了，但是你知道吗？我父亲根本就看不见，他是个盲人！"

"父亲在天上，他第一次能真正地看见我比赛了！所以我想让他知道，我能行！"

"父亲"的画像

朋友风尘仆仆地从山野归来，收获了颇为厚重的美术作品。在那间狭窄的画室里，她兴奋地请理查德来鉴赏。理查德的脑海中没有任何专业的鉴赏概念，只是对画中的各色人物产生了兴趣，似乎早已忘记了主人让他看画是为了证明她画技的高超。

理查德的安静与专注令朋友感到安慰，她把一杯香茶递给他，说："我正在为一个重要画展准备作品，你以一个参观者的身份，从中为我挑出一张好吗？"

理查德随口应着，眼睛却盯住了一幅命名为"父亲"的画，那是一位面目苍凉的老人，孤寂地坐在老树下，双眸黯然，似乎透出了一种沉重与无奈。

"这是……"朋友扫了一眼，她说："那是我的爸爸。3年前老人来看我时随便画的，不好意思。唉，你还是多看看我的新作吧。"

话音刚落，她便顺手抽走了"父亲"，扔入了被她否定的一堆画纸中。

理查德的心中悸动一下，为了那位画中的父亲。因为朋友曾向他讲述过自己的身世，她幼年丧母，父亲含辛茹苦地供她读书上大学，决心帮她实现当一名画家的人生梦想。可如今小有成就的她，就这样把"父亲"随意地遗忘了。

在理查德告辞之际，朋友执意要他拿点意见，她说她相信他的感觉。理查德从那堆画中挑出了"父亲"，真诚坦白地告诉她："我选这张，因为他是父亲，你是以一个女儿最淳朴的心来作画的，而不是以一个画家的身份。"

3个月后，理查德接到了朋友的赠票。在那个宽敞而静穆的展厅中，他看到了"父亲"。不远处，朋友搀扶着她的父亲向他走来。她说："我把我爸从老家接来一起住了，趁机再多给老人画几幅像。"她的父亲慈爱地望着有出息的女儿，眼中闪现出了希望的亮色。

理查德一直记着朋友走出展厅后说的一番话。她说自己这些年太投入事业，变得过于急功近利了，为了在激烈的竞争中立于不败之地，竟然淡忘了许多美好的东西。“我的灵魂一度隐藏在了冬季，是你帮我找回了灵魂的春天，谢谢你。”

理查德说：“不要感谢我，我们都应感谢‘父亲’。”

任何时候都不能脱离生活，不能忘记自己的父母，即使在搞艺术创作的时候。

只有一点不同

15 岁那年，他参加了全市组织的乒乓球比赛。不大的体育馆座无虚席。然而，他发挥得并不好。许多很有把握的球，他都没有打好。比赛结束后，观众散去了，其他队员也散去了，只有他坐在长凳上黯然神伤。他开始怀疑，自己是不是根本无打球的天分，却错走到了这条路上。

他不知道一个人在体育馆呆坐了多长时间。他觉得有些饿了，开始收拾东西准备回去，就在这时候，他一回头，看到不远的看台上，还有另一个人静静地在那里坐着。他抬头的一刹，正好与她的微笑相对，是母亲。

他扔下所有的东西，疯一样跑上看台，一头扑进母亲的怀里，放声大哭起来。他一边哭，一边大声责问妈妈：“为什么近在咫尺而不管我？”

妈妈笑了，抚摸着他的头说：“儿子啊，人生最难的路需要自己去走，妈妈不能帮你。”

他反问妈妈：“那你为什么不和其他观众一起走，还要留在这里？”

妈妈说：“孩子，无论你多难，妈妈都会站在你的身后，永远地看着你……”

第二年，还是在这个体育馆，还是一样的比赛，他战胜了对手，也战胜了自己。后来的岁月中，他取得过许多不同级别的乒乓球比赛冠军。

有一个记者采访他，问他取得人生辉煌的原因，他说：“我能有现在的成绩，是因为这些年来母亲一直站在我的身后，不计成败地关注着我。她的眼神温和、慈祥，充满着鼓励、信任、欣赏以及期待……”

记者不解地问：“天底下每一个子女的身后，都有着母亲温暖的关注。有的人甚至远在异域他乡，依旧被母亲牵挂着，可为什么却不能取得像你一样的成功呢？”

他的回答很简单：“那是因为我比别人更在乎母亲。”

是啊，虽然每个子女的身后都有母亲的关注，但是其中只有一点不同，那就是子女是否懂得感激。

周豫煮鳝鱼

中国古代，有一位名叫周豫的读书人，非常懂得感恩，他对自己的母亲很孝顺。一天，有个朋友送了生活海鲜给周豫。正是他最嗜吃的鳝鱼，刚巧这一天闲来无事，周豫一时技痒，便想亲自动手，试试自己久未展露的手艺，好好地将这些朋友送来的鳝鱼，煮上一锅清炖鳝鱼汤来尝尝。

周豫将鱼放入锅中，只见那些鳝鱼仍自由自在地在锅子里游着，在锅子底下用小火缓缓加热，水温逐渐变高，鳝鱼在锅中丝毫未觉水温的变化，慢慢地就会被煮熟了，这就是周豫过人的厨艺所在。据说，用这方式煮熟的鳝鱼，因为不会经历被杀的过程，没有挣扎，所以它的肉质也就不会紧绷，相对地口感自然好上许多。

随着那一锅汤慢慢煮沸了，周豫将锅盖掀起来看看，却发现了一个奇特的现象，锅中有一条鳝鱼的身体竟然向上弓起，只留头部跟尾巴在煮沸的汤水之中。这条身体弓起的鳝鱼，整个腹部都向上弯了起来，露在沸汤之外，一直到它死了，身体犹然保持弯起的形状而不倒下。

周豫看到这种情形，心中感到十分好奇，便立刻将这条形状奇特的鳝鱼从汤中捞出，取了一把刀来，将鳝鱼弯起的腹部剖开来，想要看个清楚，它究竟是为何如此辛苦地将腹部弯起。在剖开的鳝鱼腹中，周豫惊奇地发现，那里面竟藏着满满的卵子，数目之多，难以数计。

原来这条雌鳝鱼为了保护肚子里的众多卵子，宁愿将自己的头尾浸入沸汤之中，直至死亡；护子心切而将腹部弯起，得以避开滚热的汤水。周豫看到这一幕，呆呆地不知在原地站了多久，泪水不自禁地流个不停，寻思鳝鱼犹舍命护子，自己对母亲的孝顺还不够。周豫感慨之余，发誓终身不再吃鳝鱼，并对母亲加倍地尊敬与孝顺。

盲人父子吃面

读大学的那几年，每逢双休日就在姨妈的小饭店里打工。那是一个春寒料峭的黄昏，店里来了一对特别的客人，父子俩。说他们特别，是因为那父亲是盲人，他身边的男孩小心地搀扶着他。那男孩看上去也就十五六岁，衣着朴素寒酸，身上却带着沉静的书卷气，应是个正求学的学生。

男孩来到我的面前。“两碗牛肉面。”他大声地说着，我正要开票，他忽然又朝我摇摇手。我诧异地看他。他歉意地笑了笑，然后用手指指我身后的价目表，告诉我，只一碗牛肉面，一碗是葱油面，我先是一怔，接着恍然大悟，他叫两碗牛肉面是叫给他父亲听的，实际上是囊中羞涩，又不愿让父亲知道。我会意地冲他笑了。

厨房很快就端来了两碗热气腾腾的面。男孩把那碗牛肉面移到父亲面前，细心地招呼："爸，面来了，小心烫着。"自己则端过那碗清汤面。老人却并不急着吃，只是摸索着用筷子在碗里探来探去，好不容易夹住了一块牛肉，就忙不迭地把肉往儿子的碗里夹。

"吃，你多吃点。"老人慈祥地说，一双眼睛虽无神，脸上的皱纹却布满温和的笑意。

让我感到奇怪的是，那个做儿子的男孩并不阻止父亲的行为，而是默不做声接受了父亲夹来的肉片，然后再悄无声息地把肉片夹回到父亲的碗中。周而复始，那父亲碗中的肉片似乎永远也夹不完。

"这个饭店真厚道，面条里的肉这么多。"老人感叹着，一旁的我不由一阵汗颜，那只是几片屈指可数的肉片啊。做儿子的这时趁机接话："爸，您快吃吧。我的碗里都快装不下了。"

"好，好，你快吃。"

姨妈不知什么时候也站到了我的身边。静静地凝望着这对父子。这时厨房的小张端来一盘干切牛肉，姨妈努嘴示意让小张把盘子放在那对父子的桌上，男孩抬头环视了一下，见这一桌并无其他顾客，忙轻声提醒："你放错了吧？我们没要牛肉。"姨妈微笑着走了过去："没错，今天是我们开业年庆，牛肉是赠送的。"男孩笑笑，不再提问。他又夹了几片牛肉放入父亲的碗中，然后把剩下的装入一个袋中。

我们就这样静静地看到他们吃完，然后再目送着他们出门。

这对父子走后，小张去收碗时，忽然轻声叫起来。原来那男孩的碗下，还压着几张纸币，一共是 6 块钱。正好是我们价目表上一盘干切牛肉的价钱。一时间，我和姨妈都说不出话来，只有无声的叹息静静地回荡在每个人的心间。

爱是最好的养料

一个小男孩几乎认为自己是世界上最不幸的孩子，因为患脊髓灰质炎而留下了瘸腿和参差不齐且突出的牙齿。他很少与同学们游戏或玩耍，老师叫他回答问题时，他也总是低着头一言不发。

在一个平常的春天，小男孩的父亲从邻居家讨了一些树苗，他想把它们栽在房前。他叫他的孩子们每人栽一棵。父亲对孩子们说，谁栽的树苗长得最好，就给谁买一份最喜欢的礼物。小男孩也想得到父亲的礼物。但看到兄妹们蹦蹦跳跳提水浇树的身影，不知怎么地，他萌生出一种阴冷的想法：希望自己栽的那棵树早点死去。因此浇过一两次水后，他再也没去搭理它。

几天后，小男孩再去看他种的那棵树时，惊奇地发现它不仅没有枯萎，而且还长出了几片新叶子，与兄妹们种的树相比，显得更嫩绿、更有生气。父亲兑现了他的诺言，为小男孩买了一份他最喜欢的礼物，并对他说，从他栽的树来看，他长大后一定能成为一名出色的植物学家。

从那以后，小男孩慢慢变得乐观向上起来。

一天晚上，小男孩躺在床上睡不着，看着窗外那明亮皎洁的月光，忽然想起生物老师曾说过的话：植物一般都在晚上生长，何不去看看自己种的那棵小树。当他轻手轻脚来到院子里时，却看见父亲用勺子在向自己栽种的那棵树下泼洒着什么。顿时，一切他都明白了，原来父亲一直在偷偷地为自己栽种的那棵小树施肥！他返回房间，任凭泪水肆意地奔流……

几十年过去了，那瘸腿的小男孩虽然没有成为一名植物学家，但他却成为了美国总统，他的名字叫富兰克林·罗斯福。

爱是生命中最好的养料，哪怕只是一勺清水，也能使生命之树茁壮成长。也许那树是那样的平凡、不起眼；也许那树是如此的瘦小，甚至还有些枯萎，但只要有这养料的浇灌，它就能长得枝繁叶茂，甚至长成参天大树。

总有可爱之处

数年前看过L·汉斯贝的一出戏《阳光下的葡萄干》，其中一段至今难忘，戏中，一个非裔美籍家庭从他们父亲的人寿保险中获得了一万美金。母亲认为这笔遗产是个大好机会，可以让全家搬离哈林贫民区，住进乡间一栋有园子可种花的房子。聪明的女儿则想到利用这笔钱去实现念医学院的梦想。

然而大儿子提出一个难以拒绝的要求：他乞求获得这笔钱，好让他和“朋友”一起开创事业。他告诉家人，这笔钱可以使他功成名就，并让家人生活好转。他答应只要取得这笔钱，他会补偿家人多年来忍受的贫困。

母亲虽感到不妥，还是把钱交给了儿子，她承认儿子从未有过这样的机会，他应该获得这笔钱的使用权。

不难想象，他的“朋友”很快带着钱逃之夭夭。失望的儿子只好带着坏消息回来，告诉家人，未来的理想已被偷窃，美好生活的梦想已成为过去。妹妹用各种难听的话讥讽他，用第一个想得出来的字眼骂他，她对兄长生出无限的鄙视。

当她骂得差不多时，母亲插嘴说：“我曾教你要爱他。”

女儿说：“爱他？他已没有可爱之处了。”

母亲回答：“总有可爱之处。你若不学会这一点，就什么也没学会。你为他掉过泪吗？我不是说为一家人失去了那笔钱，而是为他，为他所经历的一切及他的遭遇。孩子，你认为什么时候最应该去爱人：当他们把事情做好，让人感到舒畅的时候？若是那样，你还没学会，因为那还不到时候。应该在他们最消沉，不再信任自己，受尽环境折磨的时候。孩子，衡量别人时，要用中肯的态度，要明白他走过了多少高山低谷，才成为这样的人。”

谁把耳朵给了我

清晨，第一缕阳光射进病房，在玛丽脸上蒙上了一层圣洁的光辉。她慢慢睁开眼睛，看到丈夫温柔的眼神。带着初为人母的虚弱和喜悦，问：“咱们的孩子呢？”

丈夫把孩子抱过来。玛丽挣扎着爬起来，万分小心地接过小婴儿，让他平稳地躺在臂弯里。小家伙被裹得严严实实的，只露出一张皱巴巴的小脸，眯缝着的小眼睛、粉嘟嘟的小鼻子，宛如天使。玛丽慢慢把裹着婴儿的包裹解开，想把亲爱的宝贝看个仔细。很快，一个小小的脑袋完全展现出来了。她爱怜地抚摩这孩子的胎发，亲吻着孩子的脸蛋。病房里洋溢着幸福的味道。只是，玛丽的丈夫悄悄地背过了脸去。

忽然，玛丽尖叫一声，轻抚的手僵在半空中——她的孩子没有耳朵！

岁月飞逝，转眼孩子已经到了上学的年龄。孩子的听力完全不受影响，甚至还非常出色，只是他的容貌自出生就毁了。一天，他从学校回到家里，一头扑进母亲的怀里，满腹委屈地哭诉：“同学们叫我……畸形人！”玛丽长长地叹息，可怜的孩子以后的生活就沉浸在永无休止的打击和失望之中。

慢慢地孩子长大了，上了中学。他很聪明，在文学和音乐上显示出非凡的天赋，其他才能也开始显山露水。如果不是看起来有点恐怖的外形，他的生活应该非常精彩。可是现在，他没有朋友，同学也因为惧怕而疏远他，他生活在孤寂忧郁之中。

男孩16岁那年，他的父母亲和家庭医生开了一个会。“难道真的一点办法也没有了？”父亲问。

“办法还是有的。只要找到一双合适的耳朵，我就可以将其嫁接到孩子头上。”医生非常肯定地回答道。于是，一场大搜索开始了，寻找一个愿意为命运如此悲惨的年轻人捐献耳朵的志愿者。可是没有人愿意把自己的耳朵捐出来。一晃两年过去了。母亲的短发留到肩膀的时候，终于找到了愿意捐献耳朵的人。

父亲告诉儿子：“现在你终于可以进行手术了。我们找到了一个愿意捐献耳朵的人。但是，这个人要求身份保密！”手术取得了空前的成功，男孩看起来是那么英俊正常，仿佛他从来就没缺失过耳朵。男孩的人生路上再也没有绊脚石。他的才能宛如鲜花怒放般得到释放；在舞台上表演优美的小提琴独奏；他进了一家非常有名的公司；他有了心爱的女友；婚后不久，他甚至成了一名外交官。显然事业家庭都非常成功，但是有一个问题始终缠绕在他的心头。

“您一定要告诉我，”他问父亲，“到底是谁把自己的耳朵给了我？我想我现在有责任也有能力去报答！”“但是我不认为你有这个能力去报答，”父亲说，“我们当初的协议中规定你不能知道是谁，至少现在不能。”父亲的守口如瓶使这个秘密保持了许多年，直到母亲逝世的那天。

他和父亲站在母亲的棺木前。父亲展开双手，缓慢地、温柔地，拢起了母亲鬓角浓密的棕红头发。随着头发的逐渐上移，显露在孩子面前的竟然是：母亲没有耳朵！原来是母亲将自己的耳朵给了他！他弯下腰，贴着母亲的面颊，嚎啕大哭：“为什么不早告诉我？”

“怕你产生心理负担。你母亲说她很庆幸自己能有一头浓密的头发，”父亲低沉地叹息，“但没人会认为你母亲因此而减少了一丝一毫的美丽，不是吗？”

是的，真正的美丽不是表现在脸上，而是沉淀于心底；真正的爱不是大肆宣扬的告白，而是心甘情愿的奉献、默默的牺牲。

保罗的礼物

保罗的母亲洗涮好晚餐器具，便轻轻来到保罗的床边。保罗的小床搁在厨房里，因为厨房内的火炉使房间异常温暖。

母亲微笑着说：“孩子，我想去趟雷利家，去把他们家的收音机借来听一会，你说好吗？”

保罗感觉到睡衣口袋里的那封信。他迅速抓住母亲的手：“不，您别出去了，您已经太累了，妈妈。”

母亲坐在床上，紧挨着保罗，说：“你一定以为妈妈把你今天的生日忘掉了吧。”

保罗将他的手放在口袋内按住信，以免信纸嚓嚓作响。“哦，不，妈妈！我自己都忘了今天是我的生日。”

“11岁，”她说，“想想看，你现在就11岁了。”

“您今晚就呆在这儿吧，您总是在听收音机时就入睡的。”

她吻了吻儿子的额头。“我爱你，孩子。你知道，我多想送你一件礼物啊。”

“但是，妈妈，”他坚持说，“这张新床不就是您送给我的礼物吗？”他坐起来看着窗外，“我今天什么也不需要，真的，妈妈。”

母亲站了起来。“今天会有个令你吃惊的节目。我很快就会回来的。”她解开自己的围巾搭在保罗肩上，“在我们睡觉前，将有精彩的节目，你等着吧。”她笑了，脸上劳累和忧虑的痕迹，似乎都消失了。

保罗注视着母亲走进风雪之中，那瘦弱的身影不久便融入了惨白的世界。他觉得自己喉咙似乎被什么堵住了，忙低头去读那封信。

他打开里面的信纸，呆住了，他认出信是母亲写给广播电台的。这时候，保罗已经不能控制自己了，他匆匆读下去……

先生们：

本月26日将是我儿子11岁生日。我知道在每天晚上8：30的“家庭之圈”节目里你们会念生日祝福。因此我想你们是否能在他生日那天念他的名字，并给他以生日祝福。

他病在床上已经10个月了，但他从不抱怨，他坚持自学课程。我希望您在广播中这样说：新泽西市的保罗·哈克特，今天是你11岁的生日。祝贺你，保罗，因为你是一个勇敢而乐观的孩子，应该得到最好的运气，祝你生日快乐。

在信的顶端是电台的答复：

我们很遗憾地通知您，“家庭之圈”的生日问候节目至本月25号取消，对不起。

这时候，保罗看见母亲捧着收音机向家里走来，走得好慢。她看上去又瘦又小，雪花落了她一身，“白发”被风搅得乱乱的，保罗眼睛也像沾上了雪花，湿湿的。

她把收音机放在桌上：“现在是8：10，还有20分钟节目就开始了。”

她打开收音机，于是，屋子里飘满了温馨的音乐。音乐一停，“家庭之圈”节目就开始了。

“妈妈。”他轻轻叫了一声。

“什么？孩子。”

“哦，没什么，您休息吧。”保罗咬了咬嘴唇。音乐终于停了。保罗的表情有些紧张。

“现在是‘家庭之圈’节目，请父亲，母亲和孩子们注意了，现在是……”收音机里传来广播员那淳厚的男中音。

保罗眼睛死死地盯着窗外。他屏住了呼吸。母亲的手正紧握着他的手。

“首先，”播音员说，“我们广播一项启事。本来我们打算取消‘生日问候’节目……”

哦！计划变了！可是妈妈的信怎么退回了呢？莫非在他们改变计划之前，就退回了信？或许他们已把我的名字记下来了吧。

“今天过生日的有马丁·泰德……查理斯太太……史密斯先生……詹姆士·沃克夫妇。”

名单结束了。

但是应该还有更多的名字，至少还有一个名字没念啊！保罗身子在发抖。会不会一部分名字放在开头，另一部分名字放在结尾呢？

接着放歌曲，圣经朗诵，节目预告。好一阵后，节目全部结束了，没有保罗的名字。

保罗感到自己的眼泪流下来。慢慢地，他扭头看母亲。母亲早睡着了，睡梦中她微笑着。

保罗擦干眼泪。他摇了摇母亲，“妈，”他大声说，“妈，你听见了吗？你听见他们说了些什么吗，妈？”她的眼睛开了。“什么？孩子。天啊，我怎么睡着了，他们说了些什么？”

“他们说今天是我的生日，说我是勇敢而乐观的孩子，并祝我生日快乐。哦，妈妈！”他把头埋进母亲怀里。母亲微笑着，眼里闪耀着爱怜与自豪的光芒。

保罗也含着泪花笑了，他感到自己收到了最最珍贵的礼物。

空中牛肉面

大部分的人是在当爸爸以后才学会当爸爸，他却是在父亲过世以后才学会当儿子的。那些年，他忙于事业。深夜回家，悄悄推开家门，退休的父亲总等在客厅。

他摁亮客厅的灯，老父站起身来："回来啦。饿不饿？要不要我替你下一碗牛肉面？"

晚归已是莫大的罪过，怎忍心在半夜劳烦老父为他操刀弄碗的？他每每忙不迭地回上一句："我不饿，我不饿！"接过儿子善意的拒绝，父亲站起身来，步履蹒跚地走回卧室。

那是他们父子一天中唯一能相见的时光。他赶早出门时，父亲犹在梦中；待到他拖着疲惫的身子回家时，等候的父亲也已准备进入梦乡。

他们的对话一直只是那些："饿不饿？""我不饿，我不饿。""饿不饿？""我不饿，我不饿。"

后来他上船工作，几年后他跻身为大副，已经考上船长执照，就等这趟航行结束后接掌真正属于他的船只。然后他收到电报——父亲病逝。

船还在海上，他还得等上 15 天，才能靠港上岸。以秒计数的 15 天，以刹那计数的 15 天，父子相处的片段，一幕一幕在脑中重现。

"饿不饿？"

"我不饿！"

如果放下自以为是的体贴，想想父亲当时的心情呢？

如果把"我不饿"改成"我饿了"，这一天中难得的父子对话就不会只剩一个寂寥的句号，孤单地随着父亲走进卧室的身影结束。

如果是"我饿了"，那么，老父亲会很高兴地走进厨房，卷起袖口下一碗热腾腾的牛肉面。

他会坐在父亲面前，隔着面碗蒸腾的雾气，让父亲看见他吃面的馋相。

他们会有一段短短的对话，父亲会因此知道他今日的种种，他也会因此知道父亲的。

他可以说："谢谢爸爸，牛肉面很好吃！"父亲会觉得这一天的结束很满足。然而没有，这一切从来不曾在现实发生。

他只说过："我不饿！"这个体贴的惊叹号结束了一切温暖的可能。父亲期待的午夜牛肉面从来没煮成，因为儿子自以为是的孝心。

这碗牛肉面变成了空中牛肉面，与父亲失望走回卧室的身影一起在大脑存盘。他 15 天后下了船。抛下船长执照，放弃人人艳慕的高薪，回到陆地工作。他失去了父亲，但仁慈的上帝给了他赎罪的机会，因为他还有母亲。

父亲的泥脚

碎石路上，荆棘满地，父亲光着脚，健步如飞，我提着一双蓝色的鞋，拼命地追赶却怎么也追不上。我被一丛树枝绊住，跌倒了。父亲更远了，我声嘶力竭地喊：

“爸爸，您的鞋……”

然后是梦醒。每一次，母亲都告诉我，父亲是从不穿鞋的。是的，父亲是不穿鞋的，像许多农民那样，厚厚的脚板，粗糙的脚趾，踩着田埂地春种秋收；沿着山径去伐薪砍柴；从早到晚，从春到秋，那沾满泥土的脚永远是那么灵巧自如。

小时候，看着父亲不穿鞋的样子，觉得蛮洒脱自然。上街购物，父亲走在皮鞋、胶鞋的队伍中步伐是那样稳健；带我上学，父亲那滴着泥水的双脚在光洁的石板路上留下湿湿的脚印，我跟着父亲那粗大的脚印走路，觉得又平稳又安全。

也许在学校看多了穿鞋的人，也许是虚荣心作祟，渐渐地，我觉得赤脚又土又难看，甚至有些粗野，于是对父亲就有些不满，就拒绝他带我去学校。高中住校后，每隔一段时间，父亲总会来看我，每一次就因为看到父亲的那带着泥土的脚，喜悦和想念都变为不快和烦恼。

一个初春的黄昏，父亲又到学校来，我一眼看见他那双沾满污泥的脚，又气又急，来不及呼唤，就对走来的父亲大声嚷道：“以后您不要光着脚到学校来好吗?”

父亲静默了一会儿，笑笑，从帆布袋里拿出一包花生，又从口袋里掏出四十元钱塞在我手里。

“拿去，好好照顾自己，天晚了，我还得赶回家。”

说完，转过身，挑起担走了。父亲的背已微驼，步履有些迟缓蹒跚，再不似以前那样健壮有力。

再一次来看我时，父亲的脚上穿着一双崭新的蓝布鞋。

“你看，这双鞋好不好看!”

父亲喜悦的神情，掩不住的兴奋，竟不能使我惊喜反倒有几分茫然，恍若失去了什么。后来，母亲告诉我，穿着鞋回家的父亲，脚跟与脚趾打起了泡，几天不能走路。我的心在滴血。去年，我上了大学。启程北上那天，父亲光着脚担着母亲陪嫁的那只旧皮箱送我上县城搭车，依然如从前一样健步如飞。那一幕，我终身难忘。

去年冬天，小弟来信说，父亲病了。闻讯后，我心急如焚，好不容易熬到考完最后一门，我急不可耐地踏上归程。当我到家的时候，正赶上父亲出院回家。出院后的父亲，更加憔悴了。走路得拄拐杖，还须搀扶。我不禁想起了一句犹太谚语："父亲帮助儿子时，两人都笑了；儿子帮助父亲时，两人都哭了。"可我俩都没有哭，我小心翼翼地搀扶着我的父亲。那天夜里，我做了一个梦，大学毕业典礼上，我走上台去领奖，向大家致谢，如雷的掌声四起，我泪眼模糊地望着台前的家长席，在冠盖云集、西装革履的人群中有一双敦厚黝黑的泥脚，踏着鲜红的地毯向我走来……

奇迹的名字叫父亲

当我认识父亲却没有了解他的时候，一位外籍教授给我讲了一个故事，一个关于父亲的故事。

很久很久以前，在一横渡大洋的船上，有一位父亲带着6岁的儿子去美国和妻子会合。一天，当男人在舱里用水果刀削苹果给儿子吃时，船却突然剧烈摇晃，刀子在男人摔倒时插进他的胸部。

男人慢慢站起来，在儿子不注意时用拇指揩去了刀锋上的血。

以后的三天，男人照常照顾儿子，带他吹海风，看蔚蓝的大海。仿佛一切如常，但儿子尚不能注意到父亲每一分钟都比上分钟衰弱，他看向海平线的目光是如此地忧伤。

抵达的前夜，男人来到儿子的旁边，对儿子说："明天见到妈妈的时候，告诉她，我爱她。"说完，在儿子的额上深深地留下一个吻。

船到美国了，儿子在人潮中认出了妈妈，大喊："妈妈！妈妈！"就在此时，男人已经仰面倒下，胸口血如井喷。

尸解的结果让所有人惊呆了：那把刀子无比精确地插进了他的心脏，他却多活了三天，而且不被任何人发觉。唯一可能的解释是因为创口太小了，使得被切开的心依原样贴在一起，维持了三天的供血。

这是医学上罕见的奇迹。医学会议上，有人说要称它为大西洋奇迹，有人建议要以死者的名字命名。

一位坐在首席的老先生一字一句地说："这个奇迹的名字叫父亲。"

便当里的头发

在那个贫困的年代里，很多同学往往连带个像样的便当到学校上课的能力都没有，我邻座的同学就是如此。他的饭菜永远是黑黑的豆豉，我的便当却经常装着火腿和荷包蛋，两者有着天渊之别。

而且这个同学，每次都会先从饭盒里拣出头发之后，再若无其事地吃他的便当。这个令人浑身不舒服的举动一直持续着。

"可见他妈妈有多邋遢，竟然每天饭里都有头发。"同学们私底下议论着。可是为了顾及同学自尊，又不能表现出来，总觉得好肮脏，因此大家对这同学的印象，也开始大打折扣。

有一天学校放学之后，那同学叫住了我："如果没什么事就去我家玩吧。"虽然心中不太愿意，不过自从同班以来，他第一次开口邀请我到家里玩，所以我不好意思拒绝他。

随同学来到了位于汉城最陡峭地形的某个贫民村。

"妈，我带同学来了。"听到同学兴奋的声音之后，房门打开了。他年迈的母亲出现在门口。

"我儿子的同学来啦，让我看看。"但是走出房门的同学母亲，只是用手摸着房门外的梁柱。原来她是双眼失明的盲人。

我感觉到一阵鼻酸，一句话都说不出来。同学的便当菜虽然每天如常都是豆豉，却是眼睛看不到的母亲小心翼翼帮他装的便当，那不只是一顿午餐，更是母亲满满的爱心，甚至连掺杂在里面的头发，也一样是母亲的爱。

爱谁都值得

他原本是一个弃婴，20年前被一个女人抱回家。这家就夫妻俩，40岁上下，膝下无儿无女，住在这座城市的边上。他们的日子过得也很凄凉，丈夫有病长年卧床，女人常常靠出外帮别人做事或者去城郊拾破烂养家糊口。然而，这家人对孩子并不薄，视同己出，虽然苦巴巴的，还是买了奶粉鸡蛋，一路把孩子拉扯大。

长大后，小学没念几天，他就不上了，跟着一帮孩子胡混。开始，他还回家。后来，一看到养父病恹恹地躺在床上，养母头发蓬乱地忙这忙那，他就有点烦这个家了。有一次，在城里的公园，他跟几个孩子抢了民工的钱，结果被抓了起来。放出来后，他想，如果那个家有一点儿嫌弃他，他就彻底离开。然而养母依旧亲热地待他，似乎什么也没有发生一样。

之后，他的养父死了。他的养母也越发地老了，像风中的蜡烛，头发花白而蓬乱，也愈加地憔悴了。到了就业的年龄，他没有找到工作，一天到晚四处闲转。结果，因为一次合伙抢劫，他被判了5年。5年的日子是灰暗的，这期间，还是这位60多岁的养母，千里迢迢，奔到他服刑的监狱探视他。望着已经风烛残年的养母，他有些痛心，觉得有些对不起她。

出来后，他并没有回到养母所在的那座城市。他辗转了好几个地方，最后在另一座城市待了下来，几乎没有安稳几天，他便又和当地的一些不三不四的人勾搭到了一起。这一次，他们要做一宗大买卖。然而，蹊跷的是，那天他们一伙人几乎就要得手了，结果他负责引爆的炸药，竟然没缘由地哑了火。因为炸药没有爆炸，运钞车安然无恙，周围的人安然无恙，而他们却被警方抓获了。在警方的询问中，他交待，他之所以没有引爆炸药，是因为在即将点燃引线的一刹那，他发现，旁边有一个蹬着三轮车的白发蓬乱的老女人，像极了自己的养母。

他的这一闪念，引起了警方的注意，通过当地派出所查询，得知他的养母还活着，警方便千里迢迢把他的老母亲接来，安排与他见面。当养母看到自己儿子的时候，便一下子扑上去抱住了他，母子俩抱头失声痛哭。养母说："你的事情，警察都和我说了。"他哭得愈加不能控制了，他说："妈妈啊，儿子对不起你，对不起你这么多年含辛茹苦的抚养。我这样狼心狗肺的家伙，辜负了你这么多年的爱。"他接着有些撕心裂肺地喊道："妈妈，你爱错人了……"

"不"，养母拢了拢头发，接着说，"妈妈并没有爱错人。是的，在这之前，妈妈也曾伤心过，对你几乎已经不抱什么希望了，但是，这一次你所做的，让妈妈知道了，妈妈并没有爱错你！"

故事的结局很简单，漫长的刑期之后，他也已经一大把年纪了，他在一个偏僻而陌生的城镇开了一家小吃店。没有人知道他是从什么地方来的，原来是干什么的。那里的人们所知道的是，他接济过不少需要帮助的人，是一个很有善心的人。

分一些蚊子进来

那年夏天很热，蚊虫猖獗。从遥远的外地赶回家的第一晚，我在父母的卧室里铺了一张床，打算像小时候一样，听着父亲的鼾声入梦。在浓得化不开的亲情中，我们聊到深夜。后来母亲说睡吧，剩下的话明天再说，便用蒲扇驱赶蚊虫，放下了他们的蚊帐。我也倒下便睡，心里满是回到家里的自由与舒坦。原以为这一觉足可高枕无忧：我的脚边点着蚊香，不远处还有一台早已开始工作的电风扇。不料半夜还是被蚊子叮得发毛。半睡半醒之间，脸上、身上被人打得噼啪有声，睁眼一看，那只不讲道理的手竟是自己的！

辗转反侧中，灯忽然亮了。我迷迷糊糊地看见母亲从床上爬起来，动作很轻地撩起蚊帐，用两端的帐钩挂起来，恢复了白天的样子！正纳闷时，听见父亲疲倦又有些恼怒地问："你这是干什么？"

"你没听见蚊子正咬孩子吗？"母亲压低声儿，语调里竟有几分兴奋，"咱们把帐子打开，分几只蚊子进来，孩子可以少受些罪……"

灯，紧接着就关掉了。同黑夜一起恢复的还有沉寂。蚊子在那一刻之后，仿佛都被母亲"迎"进了帐中，而我的睡意，也仿佛被冷水浸泡了一下，打个激灵。"分一些蚊子进来！"我反复咀嚼着这句话，双目仿佛被强光所刺而发疼，未几，左眼的泪流到右眼，右眼的泪砸在枕上……我在心里叫着："妈妈！"

作为女儿，我常深感自己的不孝。多少年来，我像一只飞上高空的风筝，早已习惯了空气的托举和风的推动，几乎忘却了自己的心口处，还系着一根长而韧的细线，忘却了我的每一次转向、每一次的奋飞，都离不开远方的放飞处那只牵引、导航、迎送的手。

"分一些蚊子进来！"一句平平淡淡的话，却满载着够我受用一生的慈母情。不独蚊子，慈爱的母亲随时准备与孩子分担的，还有风霜、屈辱、挫折和不幸！世界上，一切债务都可以还清，除了我们欠母亲的情！

没有上锁的门

在苏格兰的格拉斯哥，一个小女孩像今天许多年轻人一样，厌倦了枯燥的家庭生活和父母的管制。

她离开了家，决心要做世界名人。可不久，在经历多次挫折打击后，她日渐沉沦，终于只能走上街头，开始出卖肉体。许多年过去了，她的父亲死了，可她仍在泥沼中醉生梦死。

这期间，母女从没有什么联系。可当母亲听说女儿的下落后，就不辞辛苦地找遍全城的每个街区，每条街道。她每到一个收容所，都哀求道："请让我把这幅画挂在这儿，行吗？"画上是一位面带微笑、满头白发的母亲，下面有一行手写的字："我仍然爱着你……快回家！"

几个月后，没有什么变化。这个女孩子懒洋洋地晃进一家收容所，那儿正等着她的是一份免费午餐。她排着队，心不在焉，双眼漫无目的地从告示栏里随意扫过。

就在那一瞬，她看到一张熟悉的面孔："那会是我的母亲吗？"

她挤出人群，上前观看。不错！那就是她的母亲，底下有行字："我仍然爱着你……快回家！"

她站在面前，泣不成声。这会是真的吗？

这时，天已黑了下来，但她不顾一切地向家奔去。当她赶到家的时候，已经是凌晨了。站在门口，任性的女儿迟疑了一下，该不该进去？终于，她敲响了门。奇怪！门自己开了，怎么没锁？不好！一定有贼闯了进去。

记挂着母亲安危，她三步并作两步冲进卧室，却发现母亲正安然地睡觉。

她把母亲摇醒，喊道："是我！是我！女儿回来了！"

母亲不敢相信自己的眼睛。她擦干眼泪，果真是女儿。娘俩紧紧抱在一起，女儿问："门怎么没有锁？我还以为有贼闯了进来。"

母亲温柔地说："自打你离家后，这扇门就再也没有上锁。"

给儿子暖脚

母亲生日那天，我带女儿回老家住了一晚。女儿是我母亲带大的，她还恋着奶奶，晚上就跟奶奶睡。

夜里，我听到女儿和母亲在房里不断地说话。她们一个 9 岁，一个 70 岁，相差 60 多岁，怎么会有那么多话说呢？我一时兴起，就不声不响地站在门外，偷听她们祖孙俩都说些什么。

她们闲扯了一会儿，女儿问："奶奶，昨天郑伯伯的妈妈过生日，爸爸给了她 200 元；今天你生日，爸爸为什么只给 100 元呢？"母亲说："乱讲，你爸爸不是那种人，一定是你看错了，新出的那种 20 元跟 100 元很像的。"女儿说："真的，妈妈本来连 100 元都不想给，还跟爸爸吵了几句嘴。"

沉默了一会儿，母亲问："是哪个郑伯伯？"

女儿说："就是经常叫爸爸去喝酒的郑局长呀！奶奶你见过他的。"母亲说："哦，是郑局长的妈妈生日，你爸爸当然要多给些钱了，不奇怪。"

女儿问："为什么郑局长的妈妈生日就要多给钱呢，奶奶，难道你还不如郑局长的妈妈重要吗？"母亲说："单位里面的事复杂着呢，就是郑局长帮了你爸爸的忙，你也不知道。别说了，快睡吧。"

静了一会儿后，房里又有声音了。依然是女儿问："奶奶，爸爸小时候也跟你睡觉吗？"母亲说："对，你爸爸一直跟我睡到18岁呢。你爸爸小时候可没有你懂事，他老是把一双凉脚往我怀里踹，要我帮他暖脚，不帮他暖脚就生气。"

女儿说："奶奶你别帮爸爸暖脚，让他闹。"母亲说："傻丫头，哪有妈妈不疼儿子的？"女儿说："可是爸爸不疼你。给人家的妈妈200元，只给你100元。"母亲长叹说："我已经很知足了。你看村头的二奶奶，养大五个儿子，老了却没人理，临死，儿子都不在身边，被老鼠咬掉鼻子和一只耳朵。"

不知道为什么，我的眼泪突然流到脸上。我发誓，以后再也不把别人的母亲看得重过自己的母亲，因为不管别人当多大的官，他的母亲不像我的母亲帮我暖过脚。

母亲的珠宝

在几百年前的罗马城，两个孩子正在清晨的阳光下快乐地玩耍，他们的母亲康妮黎亚过来对他们说："亲爱的孩子，今天有一位富有的朋友要来我们家做客，她还会向我们展示她的珠宝。"

下午，那个富有的朋友来了。金环在她手臂上闪烁着耀眼的光芒，手指上的戒指闪闪发光，脖子上挂着金项链，头发上的珍珠饰品则发出柔和的光。

弟弟感叹地对哥哥说："她看起来如此高贵，我从没有见过这么漂亮的人。"哥哥说："是的，我也这样觉得！"

他们羡慕地看着客人，又看看自己的母亲。母亲只穿了一件朴素的外套，身上没有任何珍贵的饰品。但是她和善的笑容却照亮了她的脸庞，远胜于任何宝石的光芒。她金棕色的头发编成了一条长长的辫子，盘绕在头上像是一顶皇冠。

"你们想看看我其他的珠宝吗？"富有的女人问。

她的仆人拿来一只盒子并放到桌上。这位女士打开盒子，里头有成堆的像血一样红的红宝石，像天一样蓝的蓝宝石，像海一样碧绿的翡翠，像阳光一样耀眼的钻石。

这对兄弟呆呆地看着这些珠宝："要是我们的母亲能够有这些东西该多好啊！"客人炫耀完自己的珠宝之后，自满而又怜悯地说："告诉我，康妮黎亚，你真这么穷吗？"

康妮黎亚坦然地笑道："不，我当然有珠宝，我的珠宝比你的更贵重。"

客人睁大了眼睛："是吗？快拿出来让我看看吧！"

母亲把两个男孩拉到自己的身边，她微笑着说："他们就是我的珠宝。难道他们不比你的珠宝更贵重吗？"

这两个男孩，特贝瑞斯和卡尔斯永远不会忘记他们母亲当时脸上骄傲的表情以及深深的爱意。数年后，他们成为罗马伟大的政治家，但他们仍然常常忆起当年的这一幕。

赤脚开门的人是佛

从前，有个年轻人与母亲相依为命，生活相当贫困。后来年轻人由于苦恼而迷上了求仙拜佛。母亲见儿子整日念念叨叨、不事农活的痴迷样子，苦劝过几次，但年轻人对母亲的话不理不睬，甚至把母亲当成他成仙的障碍，有时还对母亲恶语相向。

有一天，这个年轻人听别人说起远方的山上有位得道的高僧，心里不免仰慕，便想去向高僧讨教成佛之道，但他又怕母亲阻拦，便瞒着母亲偷偷从家里出走了。

他一路上跋山涉水，历尽艰辛，终于在山上找到了那位高僧。高僧热情地接待了他。

听完他的一番自述，高僧沉默良久。当他向高僧问佛法时，高僧开口道："你想得道成佛，我可以给你指条道。吃过饭后，你即刻下山，一路到家，但凡遇有赤脚为你开门的人，这人就是你所谓的佛。你只要悉心侍奉，拜他为师，成佛是非常简单的事情！"

年轻人听了非常高兴，谢过高僧，就欣然下山了。

第一天，他投宿在一户农家，男主人为他开门时，他仔细看了看，男主人没有赤脚。

第二天，他投宿在一座城市的富有人家，更没有人赤脚为他开门。他不免有些灰心。

第三天，第四天……他一路走来，投宿无数，却一直没有遇到高僧所说的赤脚开门人。他开始对高僧的话产生了怀疑。快到自己家时，他彻底失望了。日落时，他没有再投宿，而是连夜赶回家。到家门时已是午夜时分。疲惫至极的他费力地叩动了门环。屋内传来母亲苍老惊悸的声音："谁呀?"

"是我，妈妈。"他沮丧地答道。

门很快打开了，一脸憔悴的母亲大声叫着他的名字把他拉进屋里。在灯光下，母亲流着泪端详他。

这时，他一低头，蓦地发现母亲竟赤着脚站在冰凉的地上!

刹那间，灵光一闪，他想起高僧的话。他突然什么都明白了。

年轻人泪流满面，"扑通"一声跪倒在母亲面前。

爸爸的手提箱

10岁那年的夏天，我和几个女伴决定去露营。这对过着清贫生活的家人来说，可是件大事。出发前那天晚上，为露营准备的所有东西都摊放在家里的大桌子上，一家人突然意识到还缺一样非常重要的东西——手提箱。爸爸说，我可以用他那只手提箱。当年爸爸从北加利福尼亚州的老家到俄勒冈州上学，就是这只手提箱一路相伴。

爸爸到地下室搜寻了一番，回来时手里拎着一个手提箱，破旧不堪，而且变了形。爸爸说，它曾让汽车辗过一次，不过"还能用"。

看到这只手提箱，我沮丧极了。我伙伴们的箱子都很漂亮。我闷闷不乐，一声不吭。合上手提箱后，我才发现，上面的弹簧坏了。

"这怎么办?"爸爸瞧着眼前这只不争气的手提箱说，"找一根结实的绳子把它绑住。"

我再也忍不住，终于哭了起来："我没法提着一只用绳子绑牢的箱子去露营!"

等我的泪水渐渐止住后，爸爸和妈妈要我自己拿主意：要么提着这只"用绳子绑牢的箱子"去露营，要么待在家里。

"就当自己是有钱人家的女儿，别太在意就是了。"爸爸安慰我。

第二天一早，我手里提着那只用绳子绑住的箱子去露营了。

日子一天天过去，我逐渐淡忘了那只用绳子绑住的手提箱。多年后的一天，爸爸意外地从家乡打电话告诉我：一位州参议员的车子在他工作的那家汽车经销店放了一阵子。爸爸开着那辆车去机场接那位参议员的妻子，之后那位议员的妻子驾车将爸爸送回经销店。

爸爸这么远打电话来就为了告诉我这个？

爸爸笑着继续说："那位参议员的妻子随身带着一只手提箱，很旧的那种，而且锁坏了，是用根绳子绑住的！"

小时候有关那只手提箱的记忆一下子浮现在脑海中。"噢，是这样，爸爸，"我喉咙有些哽咽，"人家有钱，不会在意的！"一件小事情，竟然让父亲挂记了这么多年，父亲是多么在乎我的感受啊。可见当年他实在是没办法。我对自己儿时的任性深感惭愧，此刻，我才真正了解父母对我的爱有多深！

关于手提箱的故事，它总提醒我，我用不着把自己想象成富人家的女儿，因为有爸爸妈妈的爱，我们这些孩子就总是富足的——即使手里拎着的是一只用绳子绑住的手提箱。

让儿子自己洗衣服

"你已经 7 岁了，要学着自己洗衣服，"母亲没有接儿子递过的脏衣服，"你是小男子汉了，要自立！"

"我们班上的小朋友都是他们妈妈洗的衣服，"儿子撅嘴说，"为什么你不给我洗衣服？"

"因为你已经是一个小男子汉了！"母亲依然没有接。

"哼！"儿子气愤地把衣服扔在地板上。

"我洗吧！"父亲拾起儿子的衣服。

"不，"母亲将衣服从父亲手里拿过来，并放在沙发上，"让他自己洗！"

儿子的衣服每脏一件，就让母亲给他洗一次。每次，母亲总拒绝给他洗衣服，也不让父亲给他洗衣服，一次又一次要他自己动手去洗。而他依然气愤地把衣服甩在地板上，这时，母亲总是心平气和地从地板上拾起放在沙发上。

沙发上的脏衣服越来越多，儿子的干净衣服越来越少。直到有一天，儿子将所有的衣服都穿脏了。

"妈妈，给我洗洗衣服吧！"儿子眼巴巴地望着母亲，"好妈妈，给我洗洗吧！"

"孩子，"母亲双手轻轻地摩挲着他圆圆的脑袋，"你已经是一个小男子汉了，要学会自立！懂吗？"

"我洗吧！"父亲将双手伸向沙发上的脏衣服。

“不，”母亲阻止了父亲的双手，“让他自己洗！”母亲将一盆清水端到儿子面前，并将一袋洗衣粉放在他面前，满眼柔情地望着他。

儿子撇着嘴将洗衣粉胡乱地倒入脸盆中，又胡乱地搅了几下，然后把衣服放在水中，泪水顺着儿子胖乎乎的小脸滑落下来，一阵手忙脚乱过后，他将衣服从水中捞出。洗过几次后，脸盆中的水依然很黑。这时，母亲从儿子手里接过衣服，挂在衣架上。

等儿子洗完衣服后，母亲微笑着在他布满泪痕的脸蛋上轻轻地吻了一下：“儿子长大了！”

第二天早上，儿子发现自己洗的衣服竟然非常干净。

母亲笑吟吟地对父亲说：“看咱儿子多乖！看咱儿子洗的衣服多干净！”

从此，儿子所有的衣服都是自己洗，而且一次比一次干净。儿子在学校经常对小伙伴们说：“看，我自己洗的衣服！多么干净！我自立了！”

一天深夜，儿子起来去卫生间。他发现卫生间里的灯亮着，而且有洗衣服的声音传来。他轻轻地走进卫生间：原来母亲在洗衣服！而且洗的正是今天自己刚刚洗过的衣服！

预订60年的花

“阿姨，我要订花，订好多好多的花。”一个略显稚嫩的声音将几乎要进入梦乡的我拉了回来。我睁开眼睛，一个清瘦的小男孩站在我身边，略显苍白的脸上带着微笑，“我要订60年的花，康乃馨，每年的9月22日，都要一束。可以吗？”他笑着问我。“你为什么要这样订花呢？从来没有人这样订过。”我带着好奇问他。

“我要送给我妈妈的，9月22日是她的生日。我妈今年40岁，她能活100岁的，所以，我要订60年，以后，每年的9月22日，你们都要代我送一束康乃馨给我妈妈，这样，妈妈就会幸福了。”小男孩一连串地说，“你给我算算，要多少钱呀？”

我想，小男孩只是一时兴起，才会一下订60年的花。想到这，我说：“30块钱。”

小男孩把钱交给我，然后写下一个地址给我，我接过去，他的字写得歪歪扭扭。我说：“你还要告诉我你妈妈的名字呀。”他晃晃小脑袋，笑着说：“我妈的名字很好听的，她叫凯丝琳。对了，还有我，我叫卢比。”

第二天，卢比又来了。他见到我的第一句话就是：“别忘了，9月22日给我妈妈送花呀。”我笑着说：“放心吧，忘不了。”

然而，小卢比之后再也没来过。我总是坐在店门口盼望着小卢比的出现。9月22号那天，我精心挑选了几束康乃馨。他的家就在附近的一个小区里，二单元四楼402室。我按响了门铃，开门的是一位中年女士。

“您是凯丝琳女士吧？”我问。她点点头。“这是您的儿子为您订的花，祝您生日快乐。”她没有说话，我突然看见，不知什么时候，她的眼里盈满了泪水。我顿时不知所措，站在门口，心里忐忑不安，她是激动得哭了吗？

我看见她的手在颤抖，很明显，我的话让她有些震惊。“您的孩子真可爱。”

“是的，他很可爱……我的孩子，可是……”她泣不成声。我有一种不祥之感，难道小卢比……“他患的是白血病，我带他四处求医，也无济于事……”

刹那间，我的泪水奔涌而出。我不知道，能不能将自己的花店开60年，但我保证，只要我活着，一定会在每年的9月22日送一束康乃馨给卢比的妈妈，帮卢比完成他的心愿。他预订60年的花，是对妈妈绵绵不绝的爱，我怎能让它中断……

丢失的玩具

雕塑家有个12岁的儿子。儿子要爸爸给他做几件玩具，雕塑家从来不答应，只是说：你自己不能动手试试吗？儿子就很气愤。但时间一长，他拗不过爸爸，便不再哀求、纠缠，试着按自己的想象制作起来。

起先，雕塑家对儿子的“工作”不管也不问，放任自流。孩子常常造出些奇形怪状的东西，自己很快活，但不久便玩腻了，重新制作。

为了制好自己的玩具，孩子开始注意父亲的工作，常常站在大台边观看父亲如何运用各种工具，然后模仿着运用于玩具制作。父亲也从来不向他讲解什么，依然放任自流。

一年后，孩子好像初步掌握了一些制作方法，玩具造得颇像个样子。这时，父亲偶尔会指点一二。但孩子脾气倔，从来不将父亲的话当回事，依然我行我素，自得其乐，父亲也不生气。

又一年，孩子的技艺显著提高，可以随心所欲地摆弄出各种人和动物的形状，孩子常常将自己的“杰作”展示给别人看，引来诸多夸赞。但雕塑家总是淡淡地笑笑，并不在乎似的。

忽然有一天，孩子存放在工作室里的玩具全部不翼而飞了！他十分惊疑！父亲说："昨夜可能有小偷来过。"孩子没办法，只得重新制作。

半年后，工作室再次被盗！孩子很伤心，决定将自己的玩具全部搬进卧室。但父亲不允许，说会弄脏家里。又半年，工作室又失窃。如此多次，孩子已渐渐长成一个少年。他有些怀疑是父亲在捣鬼：为什么从不见父亲为失窃而吃惊、防范呢？

偶然一天夜晚，儿子从外边归来，见工作室灯亮着，便溜到窗边窥视：父亲背着手，在雕塑作品前踱步、观看。好一会儿，父亲仿佛作出某种决定，一转身，拾起一把斧子，将自己大部分作品打得稀巴烂！接着，将这些碎土堆到一起，放上水，重新和成泥巴。孩子疑惑地站在窗外。这时，他又看见父亲走到他的那批小玩具前。只见父亲拿起每件玩具端详片刻，还用脸颊贴贴它们，像亲吻似的。然后，父亲将儿子所有的自制玩具扔到泥里搅和起来。

当父亲回头的时候，儿子已站在他身后，瞪着一双愤怒的眼睛。父亲有些羞愧，温和地抚摸着儿子的脸蛋，吞吞吐吐道："我……不是……哦……是因为，只有砸烂较差的，我们才能创造更好的。"

十年后，父亲和儿子的作品多次同获国内外大奖。

爸爸的新鞋

记得我13岁的时候，和所有的少年一样爱赶时髦。那个冬天，我在买了一双牛津鞋之后，才发现流行的却是路夫便鞋。那时的我虚荣地认为，如果没有一双路夫便鞋，那么我宁愿赤着脚度过这个冬天。

于是，我找到当汽车修理师的父亲。他的薪水很低，勉强够付房租和购买食品。当我提出要买一双路夫便鞋时，他显然很吃惊："可你脚上的这双鞋才穿了一个月啊！为什么又要买一双新的呢？"

"因为这双鞋已经过时了，伙伴们现在穿的都是路夫便鞋，爸爸。"

爸爸沉默了很久才说："听我说，孩子，这双鞋你暂且再穿一天。然后，请你仔细看看你同学们穿的鞋子。如果你能告诉我你的情况比其他人更糟的话，那么，我愿意考虑这件事。"

第二天早上，我昂首挺胸地走进学校，因为我知道那将是我穿着这双过时的鞋子的最后一天。而我的目光，除了停留在那些擦得锃亮、鞋底打了铁掌的黑色的路夫便鞋上，再没看过其他不如我的同学的鞋子。放学铃一响，我就急匆匆地奔向父亲的工厂，当时，爸爸正躺在一辆汽车下面，时不时发出金属敲击的叮当声。我走到汽车旁坐下，这时，我看到了爸爸露在汽车外面的小腿。他的鞋又旧又脏，左脚那只的鞋底已经断裂了，用金属丝缝合了两针，而且两只鞋没有一只是有鞋跟的。

“你放学了吗，儿子？”爸爸从车子底下爬出来，问我。

“我，我还是想买一双路夫便鞋。”我非常小声地回答着，强迫自己不去看他的鞋。

“那好吧，这是我原本打算买食品杂货的钱。现在，你能自己到鞋店买一双那样的鞋子吗？”爸爸给了我10美元。然后，我拿着钱向那家位于两个街区之外的鞋店走去。

我站在那家鞋店的橱窗前，向里面张望着，路夫便鞋依然在销售，每双9.95美元。穿上它，我就可以神气地走在校园里，可以成为最时髦的男生了，我心中忍不住一阵激动，可就在这时，我一眼看到了紧挨着的货架上赫然写着：“清仓削价，五折优惠”！那是几双适合爸爸穿的老款式的鞋。

爸爸，我想到了他那双没了鞋带的旧鞋子，想到了那些寒冷的夜晚，他双脚冰冷地穿过整个城镇去为人家修车。他为了我们一家人非常努力地工作，可是，他却从来没有抱怨过。一时间我心乱如麻，眼前那双路夫便鞋也在顷刻间变得暗淡无光了。最后，我攥紧握着10美元的那只手，做了一个决定——从削价处理的货架上挑选了一双10号的鞋子。我拿着这双为爸爸买的新鞋飞快地跑回汽车修理厂，悄悄地把它放在爸爸汽车的后座上。然后，我走到爸爸的身边，把剩下的钱递给了他。“我想这双鞋应该是9.95美元。”他用疑惑的口吻说。

“哦，它们正在削价处理。”我含含糊糊地回答他。

我们一上汽车，爸爸就看到了那个鞋盒。当他看到那双新鞋子的时候，惊讶得半天没有说出一句话来。

良久，爸爸紧紧地握了握我的肩头，开心地吹起了口哨，发动汽车驶向了回家的路。

我喜欢咱们一起过

儿子7岁的时候，有一次在回家的路上，忽然表情凝重地说：“我们班上有一个同学的爸爸妈妈离婚了。”

我心不在焉地“哦”了一声。

他奇怪地问我：“妈妈，你怎么不说‘好可怜哦’！”

我正往卖水果的地方张望，考虑买哪家的橘子，就顺口说："好可怜哦！"

他又说："咱们后面楼上的那个小孩，就是整天跑步的那个，他的爸爸妈妈也离婚了。"

我继续说："好可怜哦！"然后开始挑选橘子。

买好后，我顺手递给他一个。他却不接。

又走了几步，他突然像鼓足了勇气似的小心翼翼地问我："妈妈，你会和爸爸离婚吗？"

我坚决地摇摇头说："不会的。你放心吧！"

可是，他不放心。继续追问说："如果离呢？如果离了，你会要我吗？"

看着他认真的表情，我不好再敷衍，就问："你呢？你愿意跟谁呢？"

他紧紧拉着我的手，说："我当然愿意跟妈妈！"

我搂着他细弱的肩膀，坚决地点点头说："儿子，妈妈也绝对会要你！妈妈可不会把你丢给后娘。"

儿子放心地笑了，主动要了一个橘子吃。

橘子只吃了一半，他忽然像才想起一件大事似的问："妈妈，我跟你，可以带一个人吗？"

我很好笑。这小家伙，怎么假戏真唱了呢？于是我说："好吧，允许你带一个人。你想带谁？"

他说："我喜欢奶奶。我想带奶奶。"

我装作认真地想了一下，然后说："好吧，允许你带奶奶。"

他开心地笑了一下，忽然又说："把爷爷也带上吧！爷爷不会做饭，得跟着奶奶。"

我再装作思索的样子，他在一旁不放弃地求我，我终于郑重地点点头说："好吧！把爷爷奶奶都带上。"

儿子非常开心。痛快地吃余下的橘子。快到家时，他突然又说："妈妈，我还想带一个人。"

"这次不能再带了。"我想不出他还会带谁，就拒绝了他的想法。

"妈妈，求求你带上他吧！"儿子着急地说。

"好吧！你还想带谁呀？"我有些不耐烦地问。

"带上爸爸吧！他一个人过多可怜呀！"儿子终于说。

"哈哈哈！"我禁不住开心地大笑起来！全然不顾招来周围许多人诧异的目光。

"把你爸爸带上，怎么算是你刚才说的离婚呀！"我几乎笑得喘不上气。

儿子却没笑，也毫不理会我的问题，他还在求我带上他的爸爸。

我边笑边说："好吧好吧！带上你的爷爷奶奶，带上你的爸爸，咱们一起过！"

儿子这次完全放心了，他说："妈妈，我喜欢咱们一起过。"

最后一份晚报

从一个饭局上下来已经是晚上 9 点多钟。头晕得有点厉害，又没有出租车，只好顺着公园边上的环形路，高一脚低一脚地往家走，走到一棵树下，一个影子忽然从树下站了起来，吓了我一跳。

借着路边的灯光，睁着蒙眬的眼睛看了看，是个女孩，十来岁的样子。我清了清嗓子，镇定一下情绪，正准备走，那孩子在我身后喊："叔叔，叔叔，你等一等。"我立了脚，回过头来。

"叔叔，你能不能帮我在那个报亭买份报纸？"顺着她指的方向望去，前方 50 米的地方果然有个报亭，"买报纸？"我有些惊讶，"嗯，买份报纸。"孩子边说边将一枚硬币放在我的掌心。我更奇怪了，心想：你怎么自己不去呢？但我没说出口。天这么黑，我一个大人，对孩子的这一个小要求不能不满足吧，拿着钱，我就走过去，将一元钱递给那个妇女，取了报纸，转身往回走。

那个孩子还是站在树底下，"你怎么站在树底下呢？"我问。

"我怕被我妈看到了。"

"你妈妈？你妈妈在哪？"

"就是那个卖报纸的人。"

我的酒醒了大半。"你怎么从你妈妈那里买报纸呢？"我怔怔地看着小女孩子问。

小女孩低头摩挲着手上的报纸，说："我晚上给她送饭时，她还剩下一份报纸，说不卖掉，明天就没人买了，我在这里等她一个小时了，她肯定卖不掉……"

我看着小女孩说不出话来的时候，她的妈妈已在打烊了，小女孩把报纸往我手里一塞："叔叔，给你看吧。"说完，她像一片小花瓣一样从树影下飘远了。

遇难者的遗言

当恐怖分子的飞机撞向世贸大楼时，银行家爱德华被困在南楼的五十六层。到处是熊熊的大火和门窗的爆炸声，他清醒地意识到自己已没有生还的可能，在这生死关头，他掏出了手机。

爱德华迅速按下第一个电话。刚举起手机，楼顶忽然坍塌，一块水泥重重地将他砸翻在地。他一阵眩晕，知道时间不多了，于是改变主意按下了第二个电话。可还没等电话接通，他想起一件更为重要的事情，又拨通了第三个电话……

爱德华的遗体在废墟中被发现后，亲朋好友沉痛地赶到现场，其中有两人收到过爱德华临终前的手机信号，一个是他的助手罗纳德，一个是他的私人律师迈克，可遗憾的是，两人都没有听到爱德华的声音。他俩查了一下，发现爱德华遇难前曾拨出三个电话。

第三个电话是打给谁的？他在电话里说过什么？他俩推断，很可能与爱德华的银行或遗产归属权有关。可爱德华无儿无女，又在5年前结束了他失败的婚姻，如今只有一个瘫痪的老母亲，住在旧金山。

当晚，迈克律师赶到旧金山，见到了爱德华悲痛欲绝的母亲。母亲流着泪说："爱德华的第三个电话是打给我的。"迈克严肃地说："请原谅，夫人，我想我有权知道电话的内容，这关系到您儿子庞大遗产的归属权问题，他生前没有立下相关遗嘱。"可母亲摇摇头，说："爱德华的遗言对你毫无用处，先生。我儿子在临终前已不关心他留在人世的财富，只对我说了一句话……"

迈克含着激动的泪水告别了这位痛失爱子的母亲。不久，美国一家报纸在醒目的位置刊登了"9·11"灾难中一名美国公民的生命留言：妈妈，我爱你！

儿子的同学来吃饭

有一个三口之家，爸爸下岗了，儿子在念书，一家人只靠妈妈微薄的收入维持着。夫妻俩每天都计划着节省，不必要吃的不吃，不必要穿的不穿，所有财力都要集中起来，准备3年后供儿子读大学。爸爸把每周吃一次的面条增加到了一周五次，直到周六、日，儿子放假回家，他才会买几块钱的肉回来。

这天，爸爸刚买了面条回家，突然接到儿子的电话："老爸，今天多烧几个菜，我的一个同学要来吃饭。"说罢没等爸爸回话就把电话挂断了。

儿子的电话打乱了爸爸原先的计划，他把面条放进冰箱，重新奔向菜市场。爸爸想：儿子带同学来家里吃饭，在儿子的同学面前，千万不能丢脸。他在买菜的时候就计划好了菜谱：葱爆羊肉、香菇青菜、家常豆腐，外加一盘青椒胡萝卜，荤素搭配，色香味俱全，这应该上得了台面了。

回到家，爸爸开始洗菜，这时，他想给妻子打个电话，告诉她儿子的同学要来吃饭，但又没打，因为他想：这个电话的费用值两棵大葱呢。爸爸系上了好久没用过的围裙，心里突然涌上一丝幸福感，他很久都没有这么正儿八经地做过饭了。

爸爸在厨房里忙碌着，外面房门响起了钥匙声，妈妈回来了。爸爸告诉她今天儿子的同学要来家里吃饭，妈妈感到很突然，吃惊地问："怎么会突然要来咱家吃饭？"爸爸摇摇头说："我也不知道，不过肯定是有原因的！"

妈妈这下紧张了，说："那今天咱就不要吃面条了，赶紧把面条藏起来，再去买点菜回来。"爸爸说："这就不劳夫人操心了，我已经把一切都准备好了。"妈妈冲爸爸一撇嘴，娇嗔道："贫嘴！"妈妈一边说话，一边麻利地拖起了地板。只要有客人来，妈妈一定会把房间里里外外都打扫干净，她一直非常注重维护家庭形象。家里已经很长时间没有客人来吃饭了，为了减免不必要的开支，这家人总是很小心地回避各种社交活动。

爸爸搬出了折叠圆桌，这张桌子现在也很少用了，上面落满了灰尘，爸爸用热抹布擦拭后，这张桌子马上就鲜亮起来，桌子鲜亮了，房间也鲜亮起来。

菜全都齐了。尽管只有四个菜，但却显得丰盛诱人。

爸爸倒了半杯酒，这次妈妈没有斥责爸爸，只是温柔地要他少喝点。酒味菜味混合在一起，凝成了一股喜庆的氛围，真可谓：有朋自远方来，不亦乐乎？

到了儿子放学回家的时间，门锁哗啦响动了一下，儿子傻笑着出现在门口，爸爸妈妈连忙朝门外看，怎么只有儿子一个人，儿子的同学呢？

爸爸问儿子："你的同学呢？"妈妈也问儿子："同学呢？"儿子傻笑几声，回答道："没有同学！"儿子的话让爸爸妈妈吃了一惊，而且顿时有些失落，这顿饭可是他们特意为儿子的那个同学准备的呀！

爸爸正要发作，儿子又说话了："老爸，今天可是你的生日啊，生日快乐！"说完，儿子打开灯，房间显得敞亮敞亮的。这一顿饭，一家人吃得温暖如春，只是爸爸喝得有点多了。

感恩知识的引路人

GAN EN ZHI SHI DE YIN LU REN

颜回乞食敬师

颜回是孔子的大弟子，他家贫如洗，但仍好学不倦，深受孔子称赞，孔子在周游列国时，总把颜回带在身边。

一天，孔子要到楚国去做官，带颜回等 7 个学生来到陈、蔡两国的交界地。消息传到两国的君王耳朵里时，他们害怕孔子一去楚国对他们不利，就派兵把他们包围起来。

一连 7 天，孔子和学生吃尽了干粮，他们忍受不了饥饿，只好一直躺着。在 7 个学生中，只有颜回还能勉强走动。他眼看老夫子一天比一天瘦下去，心急如焚，一定要弄些食物来给他吃，万一路上有个三长两短怎么对得起老师呢？

第二天清晨，颜回拄着老师的一根拐杖到农家去乞讨。好不容易遇到一位好心的老婆婆，颜回对她说：“好婆婆，救救我的老师吧，他老人家已 6 天没吃过一顿米饭了，饿得只有皮包骨了！”

老婆婆见颜回这样尊敬爱护老师就给了他一小袋米，颜回回来，马上捡了一些枯枝，淘米烧粥。一会儿，孔子醒了，闻到了一阵扑鼻的饭香，见颜回在烧粥，正要叫他时，忽然看见颜回从锅里抓了一把粥往嘴里送。

孔子很不高兴，心想颜回竟如此无礼，老师未吃，学生倒尝起来了，但他故意不响，过了一会儿，颜回把一大碗香喷喷的粥端到孔子面前，说道：“今天幸运遇到好心肠的人，送给我一小袋米，我就熬了粥，请老师用吧。”

孔子说：“我梦见死去的父亲，这粥要是干净的话，先祭祀父亲吧。”

颜回说：“这粥不干净，不能用来祭祀。”

“为什么?”孔子不解地问。颜回答道:“刚才有炭灰掉进锅里，我把沾有炭灰的粥捞起来了，又觉得扔掉可惜，便去除炭灰把余下的粥吃了，所以这粥是不能作祭食用的。”

孔子听了，心里感到一阵内疚，他激动地拉着颜回的手说:“回呀，你真是一个贤德的人啊!”在旁的学生都被颜回诚挚敬师的精神所感动。

为了老师干杯

玛丽·居里，是法籍波兰物理学家和化学家，法国科学院第一位女院士。1903年她和丈夫一起获诺贝尔物理学奖。1911年又荣获诺贝尔化学奖，成为迄今为止唯一的两次获得诺贝尔奖的女科学家。

1912年，华沙“镭”实验室建成了。居里夫人——“镭的母亲”接到消息后，立刻打点行装，从巴黎飞往华沙。

晚上，为居里夫人举行的欢迎宴会开始了。居里夫人成了贵宾，她被请到插满鲜花的桌前坐下。她隔着鲜花，似乎在人群中努力寻找着什么。

突然，居里夫人的目光碰上对面一位白发苍苍的老妇人的目光，老妇人正敬佩地望着她。居里夫人激动地站起身来，向老人走去。她伸出双手，紧紧地拥抱这位老妇人，在老妇人的双颊上吻了又吻，一面说道:“我以为这是不可能的，可却是真的，是真的!我一直想念着您，斯克罗斯校长!”

斯克罗斯女士热泪盈眶，她紧紧握住居里夫人的手，不住地说:“好样的，玛丽亚!好样的，玛丽亚!”在场的人都被她们深深地感动了，人们的眼中也都噙满了泪花……

侍者送来了酒，居里夫人拿起一杯，敬给斯克罗斯，她转身对众人说:“尊敬的主人，尊敬的来宾们，我提议，为用真诚、勇敢和智慧教育过我的斯克罗斯校长干杯!”

“干杯!”

“干杯!”

迎接和款待居里夫人的晚宴，在玛丽·居里高尚的爱戴老师、尊敬老师的情怀感染下，达到了高潮。

最后两本旧书

每当看到发黄的旧书，都会把我的思绪牵回中学时代，那段往事曾让我流过泪。一天下午，我因去新华书店买一本《海涅诗集》，而上课迟到了。那节是语文课。我很害怕敲门，但我还是敲了。出乎意料的是我并没有挨罚，语文老师只是默默地注视了我几秒钟，然后便让我回到了座位上。他讲得十分生动，同学们听得很专注。我由于读《海涅诗集》心切，看时机已到，便迅速地翻开诗集，读完《异国》读《春天》，读完《春天》读《水妖》……

“看的什么书？让我看看行吗？”不知什么时候语文老师站在了我的身边。

“完了！”我心里想。

我颓丧地把书递上去，等待着他把书毁掉。因为他从来都是把没收的书在同学们面前撕得粉碎。

“《海涅诗集》！喜欢吗？”他柔和地问我。

“喜欢！”我大胆地回答。

“真的喜欢？”

“真的喜欢！”我感到他可能不会毁掉我的书，因为我看出他也喜欢这本书。

“喜欢，喜欢还在课堂上看？对不起，你心疼去吧！”说完他便把书撕得粉碎，扔进纸篓里。

我顿时流泪了，仇视的目光透过泪水，狠狠地瞪着他的背影。下课时，他走到我的身边悄悄地说：“放学和我一起走，我记得咱们是同路，对吗？”

放学后，我想逃，可他在校门口等着我呢，我只好规规矩矩地和他一起走。

到了他家，他对他的女儿说：“去把我那两本书拿来送给这位哥哥。”我感到非常惊讶，莫非他不批评我了？

不一会儿，他的女儿极不情愿地拿出了两本旧书放在桌子上，看看他的父亲，又瞪了我一眼便走开了。他拿起那两本褪了色的书，然后递给我：“给你两本旧书吧，也是海涅的，虽然旧了些，但我相信这发黄的纸里一样会有透明的光辉的。”他的表情很沉重。这时我才真正意识到了我上课时的错误，我不想接受，可是他那诚恳而威严的目光让我不得不接受。

回到家里，我随意翻了翻这两本书，发现其中一本里夹着一张纸条，上面歪歪斜斜地写着：“大哥哥，希望能向你的同学转告，以后不要在课堂上看课外书，我爸爸每撕学生一本书，都要把自己的藏书还给学生一本，这是我家最后两本藏书了，是爷爷去世时留给爸爸的，爸爸很喜欢，希望你能珍惜。”

我的眼泪止不住地往外流。我慢慢地翻开灰暗的封皮，扉页的右下角清清楚楚地写着：1960 年 3 月 25 日购。

从那以后，同学们再也没有在课堂上看课外书了。

平面镜的作用

就像平静的湖面落下一枚银币，突然的声响，惹得满教室的花朵晃起来。靠窗那排坐在最后的同学，弄碎了一块小镜子。

这是上午的第二节课，老师的讲述已停下来，同学们正进行课堂练习。有初冬的阳光从窗外涌进来，流淌在摊开着的课本上的字里行间。在教室的课桌间来回踱步，看长长短短的七排秀发及秀发下亮晶晶的 112 粒黑葡萄，捕捉沙沙的写字声合成的音乐，男老师感觉到自己好像一位农民在田间小憩，擦汗的同时聆听着庄稼的拔节之声。

一个小姑娘心爱的小镜子摔坏了。

教室里低低地有了议论："臭美！扮啥酷呀！"

"上课怎么能照镜子？"

"活该受批评了。"

"看老师怎么办？"

老师没有言语，他有意无意地听着同学们的每一句议论。这些女孩子呀，全是十五六岁年龄，作为旅游职中的新生，脸蛋身材口齿当初都曾经过精心挑选，一笑甜爽爽的，开了口也如一巢出窝的小鸟，三五分钟是静不下来的。男老师的心里笑着，他知道她们在讲台下的反应。

其实，开始练习后不久，老师就看见那位同学悄悄摸出了小镜子。他看到她将镜片偷偷压在作业下，写几笔作业就照一照。借着阳光，一只蝴蝶形的淡黄色的发夹舞动在她的前额，花季的脸真是漂亮。

男老师想提醒她，但一时没有想好合适的话。现在经同学一催化，他忽然有了一种灵感。他微笑着先开口问了一个物理问题。

"请说说平面镜的作用。"

"有反射作用。"这很简单，全班 56 个同学几乎异口同声地回答。

"是啊。"老师说，"同学们，几分钟前，我们教室里 56 位同学变了 57 朵花，有一个同学借镜子反射出一朵。但是，镜中的花是虚的，镜片只能反射美丽，并不能增加美丽。要增加美丽或者让美丽面对岁月雨雪风霜的一笔笔减数，还是保持总数不变，我们唯一的办法是从另一方面给它再一笔笔添上加数。这加数是指，我们一次次做进步的努力，一次次为自己的目标不轻言放弃，或者，一次次向我们的周围伸出自己的手……而此刻，对坐在教室里的你来说，帮助你增加美丽的是你桌上的书本。”

再也没有任何声音，一池吹皱的春水再度平静。当天晚自习时，照镜的小女孩在日记中写下了这么一句话——给美丽做道加法。

多加了20分

上高中的时候，我们班只是个普通班，比起学校里抽出的尖子生组成的六个实验班来说，考上大学的机会不大，因此除几个学习好的同学很努力外，我们大多数人都只是等着毕业混个文凭，然后找个工作。

班上的班主任兼英语老师是个刚从师范学院毕业的学生，他非常敬业，每日催着我们学习学习再学习，作业作业再作业。但是说归说，由于许多人抱着破罐子破摔的想法，我们的成绩仍然上不去，在全校各科考试中屡屡倒数。

直到高二的一次英语联考，张榜公布的我们班的成绩却破天荒地超过几个实验班的学生，这使我们接连兴奋了好几天。

发卷的时候到了，老师平静地把卷子发给我们。我们欣喜地看着自己几乎从没考过的高分，老师说：“请同学们自己计算一下分数。”数着数着，我的分竟比实际分数高出20分，同学们也纷纷喊了起来，“老师我们怎么多算了20分?”课堂上乱了起来。

老师把手摆了一下，班上静了下来。他沉重地说：“是的，我给每位同学都多加了20分，这是我为自己的脸面也是为你们的脸面多加的20分，老师拼命地教你们，就是希望你们为老师争口气，让老师不要在别的老师面前始终低着头，也希望你们不要在别的班的同学面前总是低着头。”

老师接着说：“我来自山村，我的父母都去得早，上中学时我曾连红薯土豆都吃不起；大学放暑假时，我每天到建筑工地拉砖，曾因饥饿而晕倒，但我就是凭着一股要强的精神上完师院，生活教会我在任何时候都不能服输。而你们只不过分在普通班就丧失了信心，我很替你们难过。”

这时教室里安静极了，我和同学们都低下了头。老师继续说：“我希望我的学生们也做要强的人，任何时候都不服输，现在还只是高二，离高考还有一年多的时间，努力还来得及，愿你们不靠老师弄虚作假就挣回足够的分数，让老师能把头抬起来，继续要强下去。”

“同学们，拜托了!”说完，老师低下头，竟给我们深深地鞠了一躬。当他抬起头的时候，我们看到他的眼睛流出了泪水。

“老师”，班里的女生们都哭了起来，男生们的眼里也含满了泪水。

那一节课，我们什么也没有学，但一年后的高考，我们以普通班的身份夺得了全校高考第一名。据校长讲，这在学校的历史上是从未有过的。

最漂亮的一堂课

我在一所小学听一堂数学课，内容是有关测量的。孩子们的桌子上摆放着长长短短的尺子。老师是个女的，胖胖的，四十来岁。讲完厘米、分米和米的概念后，她让学生们测量桌子、铅笔、书本和手臂的长度。两分钟之后，班上像炸开了锅，一只只胳膊争先恐后高举着，被点名的同学报出答案后，都得到了表扬，张张小脸涨得红红的，嘴巴笑成了一朵朵花。那些没被点到名字的学生着急了，有的站起来，有的跳着脚，有的甚至爬到凳子上，高举着手，“老师，快叫我快叫我。”看着孩子们抓耳挠腮的猴急样，我坐在边上忍不住想笑。我能理解孩子们的心情：谁不想在老师、同学面前表现一番呢，何况还有我这个外人在场。

桌子的长度报过了，铅笔的长度报过了，书本和手臂的长度也报过了，老师说，我们再找找别的东西测量一下。老师的话刚完，我旁边的那个一直没得到机会的瘦个子男孩噌地站起来，“老师，我想测测你的腰围。”

班上一下静了，同学们都转过头或侧过身看着这个瘦男孩，尔后又把目光对着老师。老师低头看了一下自己的腰，然后静静地看着学生，笑了，边笑边朝那个男孩说着：“好啊，你来量吧。”

小男孩拿着尺子，飞快地跑到黑板前。他用手按住尺子的一端，让尺子在老师的肚皮上翻着跟头，可能是男孩的手拙，也可能是尺子太短了，跟头翻了好几趟，他才说出了一个答案：“87 厘米。”

“不错，他量得很认真，答案也比较接近。”老师的话显然激起了其他同学的表现欲，她不失时机地问了一问：“其他同学有没有更好的办法、测得更准确一些？”她的话音刚落，一个胖乎乎的女孩站起来说：“老师，我有，我用手。”

小女孩已开始往黑板前跑了。其他学生的目光都在追逐女孩的身影。老师问：“你用手怎么量呢？”小女孩说：“我一掌是 11 厘米，我看是几掌就知道了。”老师笑了。小女孩的手在老师的腰上爬，刚爬了一圈之后，她就报出了答案：“89 厘米。”

笑容在老师的脸上绽放，班级的气氛更活跃了。“有没有更好的办法?”老师问。

教室里静悄悄的。孩子们或侧着头或趴在桌子上苦思冥想。片刻之后，前排的一个小孩站起来，“老师，你把裤带解下来，我们一量就知道了。”

我没想到这个小小的孩子会想到这种聪明的办法。老师肯定也没想到，我看到她在大笑，真正地开怀大笑。笑声仿佛长着腿，在教室里飞舞。

老师一边笑，一边真的解下了裤带子。小同学显然已从老师的笑声感受到了赞许，他握着尺子朝黑板前面走的时候，脸上的笑容仿佛要淌下来。

小同学量的是90厘米，这当然是最准确的答案。老实说，那位老师并不算漂亮，但这节课却是我听过的最漂亮的一节课。

爬行上班的校长

1998年11月9日，美国犹他州士尔士的一位小学校长——42岁的路克，在雪地爬行1.6千米，历时3小时去上班，受到过路人和全校师生的热烈欢迎。

原来，这学期初，为激励全校师生的读书热情，路克曾公开打赌：如果你们在11月9日前读完15万页，我在9日那天爬行上班。

全校师生猛劲读书，连校办幼稚园大一点的孩子也参加了这一活动，终于在11月9日前读完了15万页书。有的学生打电话给校长：“你爬不爬?说话算不算数?”也有人劝他：“你已达到激励学生读书的目的，不要爬了。”可路克坚定地说：“一诺千金，我一定爬着上班。”

与每天一样，路克于早晨7点离开家门，所不同的是他没有驾车，而是四肢着地地爬行上班。为了安全和不影响交通，他不在公路上爬，而在路边的草地上爬。过往的汽车向他鸣笛致敬，有的学生索性和校长一起爬，新闻单位也来采访。

经过3小时的爬行，路克磨破了5副手套，护膝也磨破了，但他终于到了学校，全校师生夹道欢迎自己心爱的校长。当路克站起来时，孩子们蜂拥而上，抱他、吻他……

不同的老师

艾拉是美国的一位著名女作家。在她的一生中，有三位老师令她念念不忘。第一位老师是梅尼斯小姐。1952年，艾拉在得克萨斯州东部的一个乡村里上小学三年级，所有课程由女教师梅尼斯讲授。梅尼斯总是凶巴巴的，肩上搭着一根皮带，如果谁做错了题目或念错了字，她就会用皮带抽谁的屁股或手心。艾拉是一个左撇子，但是梅尼斯小姐强迫她用右手写字。可怜的艾拉每天都战战兢兢，因为她用右手写不好字就会遭到梅尼斯小姐的鞭打，而如果偷偷用左手写字被发现了也会遭到鞭打。

有一天考试，艾拉的题目都答对了，但是由于字写得不清楚，梅尼斯小姐就在她的试卷上打了一个占据了整整一页试卷的叉。艾拉拿到批改后的试卷时，将试卷揉成一团，扔进垃圾桶。梅尼斯大怒，喝令艾拉伸出手，然后用皮带在上面猛抽，艾拉疼得在全班同学面前哇哇大哭。

晚上回到家，艾拉不敢把这件事告诉父亲。艾拉的父亲是一个希望孩子在学校表现好并绝对服从老师的人，他相信老师说的一切都是正确的。所以，艾拉知道，把这件事告诉父亲，是没有任何意义的。而艾拉的母亲两年前病逝了，艾拉因此只能把这件事情埋在心里。

艾拉升入四年级，老师是金德妮小姐，有一天课间她把艾拉叫到面前。艾拉心中非常害怕，担心老师会因为她的字写得不好而惩罚她，会因为她申辩而鞭打她。

金德妮小姐搬了一张椅子，让艾拉和她面对面坐着，然后要她用右手写几个字，再用左手写几个字。写完字，艾拉抬起头，看到金德妮小姐面带微笑，心中这才松了一口气。

金德妮小姐布置了写字练习让她带回家去做，同时还写了一张纸条封在一个信封里，要她交给家长看。艾拉的父亲拆开信封看了纸条后，脸上露出愧疚之色。他按照金德妮小姐的要求，在艾拉做写字练习的时候，坐在女儿旁边，允许她用左手写字，不时还会辅导她，在她写得好的时候给予表扬。艾拉感到很自豪，她可以自由地用左手写字了。

从此，写字对艾拉来说不再是一件痛苦的事情，她的学习成绩也有了显著提高。上六年级的时候，她和爷爷奶奶住在一起。爷爷没有什么文化，但是却成了她这辈子难以忘记的第三位老师。

爷爷常让艾拉帮忙写信给他的老朋友们，这让艾拉感觉很好。后来，爷爷的信不但有给老朋友的，还有给从前的老邻居的，而这些老邻居和他一样也是斗大的字识不了几个的人。爷爷虽然没有文化，但是他知道怎么能够让艾拉有自豪感，对读书识字感兴趣。

艾拉上中学的时候，老师总喜欢叫她到黑板前板书，同学们吃惊地看到她左手握着粉笔在黑板上舞动，自如而灵巧。中学毕业后，艾拉上了大学，获得了奖学金，在校期间取得了三个学位。

那一课叫敬业

所有的考试都结束了，校园里开始弥漫浓浓的告别气味。再有十几天，同学们就要挥手道别大学了。

这一天，辅导员通知同学们：教训诂学的老教授要在周六给选修这门课的同学，补一次因他生病住院落下的课。

同学们当即意见纷纷，都什么时候了，大家考试都及格了，谁还有心情去补课？再说了，那选修课少上一次课又有什么大不了的……

周六，选修训诂学的30多名学生中，只有3位女生去了教室。实际上，她们也并非是有意去给老教授捧场的，她们忘了补课的事，原本打算到安静的教室里聊聊天的。

老教授准时走进教室，看到只有3个没带教材的女学生，他猛地一愣，俯身问明原因后，他微笑着环视了一下空阔的教室，清清嗓子，响亮地喊了一声“上课”。

仿佛眼前像往常一样坐着30多个学生，老教授跟平时一样自然而然地讲解着精心准备的课程内容。他讲得非常投入，甚至有些忘情。不一会儿，他的额头上开始有汗珠滑落。

3个开始还有些心不在焉的女生，先是惊奇老教授依然工整的板书、热情的手势和对每一个细节的耐心讲解，继而，被他的那份从容和认真深深打动了，她们不约而同地坐直了身子，认真地聆听起来。

课间休息时，3位女同学哀求面色有些苍白的老教授赶快回去休息。老教授擦着满脸的汗水连连摇头，说他还能坚持住。直到下课的铃声响起，他才如释重负地收拾好讲义，慢慢走出教室。

10年后，那3个在学校读书时表现平平的女生，都脱颖而出，在事业上卓有成绩，成为那届毕业生中的佼佼者。

同学聚会时，面对大家羡慕和惊叹的目光，她们一致地回忆起在大学里补上的那一次课。诚然她们已记不清老教授所讲的内容，但老教授扶病面对3个学生时那份平静、那份声情并茂的投入，却深深地铭刻在了她们的脑海里。恰是那一次课，让她们明白了“什么叫做敬业”、“什么叫做认真”等那些曾无数次空泛地谈论过的大道理，并由此深深地影响了她们对事业及人生的立场和方式。

是的，那刻骨铭心的一课就叫敬业。只是在多年以后，很多同学才在懊悔和遗憾之余，将其间接地补上。

爱的调味乳

总是在秋天，总是这个时候特别想念老师，但是老师听不到我的感激。因为老师，才成就了我。

一直到小学四年级，我的成绩都是班里的最后一二名，所以也一直是父母的苦恼，学校老师的麻烦。

四年级时，换了一位新的级任老师，而且在他还没踏进我们的教室时，大家就已经知道他一年后要调走。但这对我来说并不是什么重要的事，对吊车尾的我而言，下课，放学，那才是重要的。

后来在第一次大考后，情况全都不一样了。

“听说你在这班一直都是垫底的，你想过为什么会这样吗？”

“……我不知道啦。老师，能不能不要打屁股，打手心就好啦？”

“什么？……我从不打学生的，但是对你，我就要特别一点了。你回去想想为什么一直考不好，明天我要问你。”

以前发成绩单后就是打打打，我已经太习惯这种方式了，今天不打，那就留着明天吧。

“为什么一直考不好？”

“我认为你一直考不好，就是这么回事，因为你根本一点都不在意。”

“那考好了又怎样？”

“你有考过第一名吗？那是怎样的感觉？你连三十名都没考过，那又怎么知道好不好？不如这样吧，下一次你一定要考到三十名，我请你喝一瓶咖啡调味乳，但这不是约定，是一定。不要认输喔。”

“……好……知道了啦。”

也不知为什么，也许是老师教导方式跟以前不同吧。从那之后我非常努力地读书，忍住不跟别人出去玩。

“哇！你考到二十八名哪，你怎么那么厉害？爸爸、妈妈看了怎么说？”

“老师，我跟你说喔，我爸看到成绩单时一直夸奖我喔，而且还一直跟别人说我考二十八名。我妈妈很高兴，还卤了我喜欢的卤蛋给我吃，好棒喔。”

“那这次考试你学到了什么？”

“老师，我数学本来算得很慢，九九乘法也不会，为了这次考试，我全记起来了，而且我还会背国语第六课。老师，你知道吗？这还……”

那一天，说了好多话，也喝了两瓶咖啡调味乳。

秋天，不记得是几日，老师走之前还给了我一瓶咖啡调味乳，当时我只是一直哭、一直哭……

往后的日子，每当秋天，我总会自己一个人静静地待在书房，喝着咖啡调味乳，回忆这段往事。

课堂上的口哨

老师的一条腿有毛病，走起路来肩膀一沉一浮的，为此同学们私下里都叫他鱼鳔。有一天，老师在课堂上布置了一道分组讨论题，内容是“什么是勇敢？”，大家发言都很积极，有人说勇敢就是视死如归；有人说勇敢就是见义勇为；还有人说勇敢就是知错能改……大家七嘴八舌，各执己见。老师在教室里走来走去，不时听听同学们的发言。这时，教室里突然响起了一个极不协调的声音，声音虽然不大，却特别刺耳，毫无疑问，是有人胆大包天地吹了一声口哨。

教室里突然之间一片沉寂。老师三步并作两步走到讲台上，阴沉着脸把教室里所有的人看了一遍，声色俱厉地问：“刚才的口哨是谁吹的？”教室里无人应声。老师怒不可遏，提高了声音吼道：“我再问一遍，口哨是谁吹的？”还是无人应声。老师用教鞭“啪啪”地抽打着讲台，喝令全体同学从座位上站起来，说：“如果没人敢承认，你们就一直站下去。”

不一会儿，教室里传出几个女同学的哭声。有一个男生忍不住喊了一声：“口哨是我吹的，和别人无关。”他的话音刚落，又有一个同学大声说：“口哨是我吹的。”接着又有两个人说了同样的话。

老师看了同学们一眼，语气缓和了一些说：“4个人都说吹了口哨，很显然是不可能的事，同学们都请坐，我给你们讲一个故事。十几年前，有一个刚从学校毕业的年轻老师，参加工作不久就被人强加了一个莫须有的罪名，他们日夜审问逼他承认。这个年轻人非常倔强，始终咬定他没犯那样的错误。最后他的一条腿被打折了，落下了终生残疾。”同学们面面相觑，搞不清老师为什么要讲这么一件事。

老师平静地看了看同学们，接着说：“你们说得没错，视死如归、勇于认错、见义勇为、泰山崩于前而面不改色，这些都是勇敢，但还有另一种勇敢，这就是拒绝。不是自己做的事情，不管压力多大都不承认，这同样是一种勇敢。我知道刚才你们都没吹口哨，你们谁都没有错，因为口哨是我吹的。”

下课时，同学们看着老师那肩膀一沉一浮地走出教室的背影突然明白了，他就是当年那个被打断腿的年轻老师。

举起生命的右手

我的初中好友阿林师专毕业，被分配到一所镇中学教语文。在一堂作文课上，他发现一名叫雪的女孩儿写字用的是左手，显得别扭又吃力。听其他的学生说，雪是转校生，性格内向，平时沉默寡言，与同学们的交往不多，在这个充满活力与亲情的班集体里，显得有些格格不入。

以后他每次上课看见雪总是用左手记笔记，回答问题时举手也是用左手，但次数很少。她的右手总是塞在口袋里，这让阿林感觉很迷惑。

在一节作文课上，阿林破天荒地出了个古里古怪的题目——《举起生命的右手》。同学们看了题目后叽叽喳喳的，这也难怪，对于初中生来说，要理解如此抽象的句子的确有点儿困难。阿林没有做过多的解释，只是告诉他们，自己认为怎么写就怎么写，实在不会的可以交白卷。

不出阿林所料，有近半数的同学写了个题目便没了下文。这些阿林都不在乎，阿林在乎的只是雪，他想借此来弄清她那只神秘的右手。亟不可待地找到她的本子，上帝保佑，她写了，且有足足5页纸。在文中，她向阿林讲述了自己一段灰色的心情故事。

原来，她的右手多长了个小指头，就是俗称的“六指”。以前她并不认为多长个指头是“丑事”，但上了初中后，周围的同学开始用异样的眼光看她，背地里还给她取了个外号叫“六指耙”，于是她开始感到尴尬和自卑，那小指头也越看越不顺眼，有时甚至想一刀把它剁掉。就这样，一个本是活泼可爱的女孩儿变得心事重重了，在同学和老师面前抬不起头，学习成绩亦一落千丈。所以她转了学，并开始把右手藏起来，练习用左手写字……

阿林看完已是泪盈于睫，拿起红笔，在她本子上重重写下了一句话：天生的不足不应该成为人格的缺陷，勇敢地举起右手，你会发现，其实自己很完美！第二天课上，阿林惊喜地发现，雪做笔记用的已是右手，眼睛瞪得圆圆的，抬头看着黑板。当阿林提问的时候，她第一个高高地举起了右手，阿林毫不犹豫地叫了她的名字。

真的，对于生命而言，那高高举起的有缺陷的右手，又何尝不是一种完美呢？

麦琪和她的天才班

麦琪是学期中间被调到这个学校的，校长要她当 4 年级 B 班的班主任。他说这个班级的学生很“特别”。

第一天走进教室，麦琪先被吓了一跳：横飞的纸团、架在桌子上的脚、震耳欲聋的吵闹声……整个教室活像混乱的战场。麦琪翻开讲台上的点名册，看到上面记录着 20 个学生的 IQ（智商）分数：140、141、160……

在美国，学生入小学都要测试智商，按智商分快慢班。正常人的智商在 130 左右。麦琪恍然大悟，噢！怪不得他们这么有精神头，原来小家伙们个个都是天才！麦琪为能接手这么高素质的班级而暗自庆幸。

刚开始，麦琪发现很多学生不交作业，即使交上来的也是潦草不堪，错误百出。麦琪找孩子们单独谈话。“凭你的高智商，没有理由不取得一流的成绩，你要把潜力发掘出来。”她对每个学生这样说。

整个学期里，麦琪不断提醒同学们，不要浪费他们的聪明才智和特殊天赋。渐渐地，孩子们变得勤奋好学，他们的作业准确而富有创造力。

学期结束时，校长把麦琪请到办公室。“你对这些孩子施了什么魔法？”他激动地问，“他们统考的成绩竟然比普通班的学生还好！”

“那很自然啊！他们的智商本来就比普通班学生要高呀，您不是也说他们很特殊吗？”麦琪不解地问。

“我当时说 B 班学生特殊，是因为他们有的患情绪紊乱症，有的智商低下，需要特殊照顾。”

“那他们的 IQ 分数为什么这么高？”麦琪从文件夹里翻出点名册，递给校长。

“哦，你搞错了，这一栏是他们在体育场储物箱的号码。”原来这个学校的点名册，在一般学校标智商分数的地方，注的是储物箱号码。

麦琪听了，先是一愣，但随即笑道：“如果一个人相信自己是天才，他就会成为天才。下学期，我还要把 B 班当天才班来教！”

孩子们的代父母

斯旺小姐离开后，学校用了两个月时间才为那个班级找到一位新的代课老师。贝蒂·瑞在牧师的陪同下来到教室里，与那些貌似天使的学生们见了面。贝蒂小姐刚刚搬迁到这座城市里来，因此，她还没有听说过他们那专门撵走老师的恶习。看到她身上穿的那件粉红色的衣服，尺寸比她应该穿的尺寸要小一个号，还有她那一头乱糟糟的、有些发白的金发，学生们立即感觉出她是一个容易欺骗的老师。于是，一场赌局很快就产生了。他们赌的是贝蒂小姐能在这里待多久。

贝蒂小姐首先作了自我介绍，声明她最近刚从南方搬到这儿来。当她在她随身带来的那个大肩包里搜索着寻找什么东西的时候，教室里发出了“嗤嗤”的窃笑声。

“你们中间有谁出过这个州？”她用友好的腔调问道。几只手举了起来。“有谁到过500英里以外的地方？”窃笑声慢慢低了下来，一只手举了起来。“有谁出过国？”没有一只手举起来。沉默的少年们感到迷惑了——这些有什么相干呢？

终于，贝蒂小姐在包里找到了她要找的东西。她那只瘦骨嶙峋的手从包里拉出一只长管子，打开来，原来是一幅世界地图。

“你那包里还有什么东西？午餐？”有人大声问道。贝蒂轻笑着回答：“待会儿和你们一起吃饼干。”“真酷。”瑞克嘲弄地说。然后，她用留着长指甲的手指指着一块不规则的陆地。“我就是在这里出生的，”她用手指敲着地图说，“我在这里一直长到你们这么大。”每个人都伸长了脖子去看那是什么地方。“那是得克萨斯州吗？”坐在后面的一个学生问道。“没有那么近，这里是印度。”她的眼睛闪烁着喜悦的光芒。

“你怎么会在那里出生呢？”

贝蒂大声笑起来：“我的父母在那里工作，我出生的时候我的母亲就在那儿。”

“真酷！”瑞克身子仰靠在椅背上说。

贝蒂又把手伸进她的包里搜索起来。这一次，她拿出一些有些发皱的图片，还有一罐巧克力碎饼干。他们传看着那些图片，每个人都很好奇。他们一边吃着饼干，一边研究那些图片，然后神色茫然地从图片上抬起头来。“在这个世界上，每个人都能帮助其他人。”贝蒂小姐说。

时间在她讲述那些发生在遥远国度里的故事、那里的人们怎样、他们怎样生活的时候不知不觉地溜走。“哇，这简直像看电视一样令人兴奋！”一个小女孩告诉她。

贝蒂小姐每星期天来给他们上课，她把她的课融入到他们的日常生活中去，告诉那些十几岁的青少年们怎样才能使生活变得更有意义。一个星期天又一个星期天过去了，学生们越来越喜欢她，包括她那有些发白的金发以及她身上所有的东西。

贝蒂小姐在那所学校里教了20年。虽然她一直没有结婚，也没有自己的孩子，但是由于她教了两代孩子，因此，小镇上的人们逐渐把她看成是所有孩子们的代父母。最后，她的头发变成了灰色，她的嘴角和眼角的皱纹也越来越多，她的手由于衰老开始发抖。她常常会收到她以前的学生寄来的信，他们中间有医生，有科学家，有家庭主妇，有商人，有许多还是老师。

一天，她打开信箱，取出一个蓝色信封。她看到信封的右上角贴着一张极为熟悉的外国邮票。信封的左上角写着一个男孩的名字，这个男孩就是许多年前，她在那所学校所教的第一期学生里的一个。她记得他过去一直喜欢吃她的饼干，而且对她的课似乎也特别感兴趣。一幅图片从信封里滑落下来，掉在她的膝盖上。她的目光落在那张照片上，仍然可以看见那个十几岁孩子的影子。那里是印度的德里市。照片上的他正和其他去那里救援地震受害者的志愿者一起站在瓦砾中间。照片上写着："因为你，我现在才会在这里。"

纸篓里的老鼠

史蒂夫·莫里斯出生在美国密歇根州的萨吉诺城，幼年随父母搬到底特律。他和班上的同学比，很"特殊"，因为他双目失明。对于一个9岁的孩子来说，"特殊"还意味着被嘲笑被冷落。小史蒂夫一度生活在重重自卑中，直到他遇见了本尼迪斯太太。

在史蒂夫的记忆中，小学教师本尼迪斯太太是一颗永不消逝的启明星。她让史蒂夫发现了自己的天赋，教他勇于做个与众不同的人。本尼迪斯太太无疑是个睿智的人，她意识到光说教没法让9岁的顽童理解深奥的人生哲理。于是，她请来了一个"助手"。在"助手"的帮助下，女教师给史蒂夫上了一节难忘的人生课。他生命的乐章从此奏响。

故事发生在一间狭小的教室里。本尼迪斯太太正准备上课："安静，大家坐好，打开你们的历史书……"小学生们不安分地在凳子上扭动着，多数心不在焉。只有小史蒂夫默默无语。上堂课是体育课，孩子们刚从操场上回来，多数人还惦记着玩过的游戏，当然还有史蒂夫的洋相。

"今天天气真棒，我知道你们宁愿在外面玩游戏，"女教师脸上露出微笑，"可是如果不学习，你们就只能一辈子做游戏。"

“安妮，亚伯拉罕·林肯是什么人？”

安妮局促地低下头：“……他……他有大胡子。”教室里爆发出一阵笑声。

“史蒂夫，你来回答这个问题。”本尼迪斯太太说。

“林肯先生是美国第16任总统。”史蒂夫的回答清晰准确，毫不犹豫。他一向是个优等生，但学习好无法减弱史蒂夫的自卑感。除非意识到自己具有得天独厚的才能，否则史蒂夫将永远生活在自怨自艾中。

“回答正确。”本尼迪斯太太满意地说，“亚伯拉罕·林肯是我国第16任总统，南北战争就发生在那个时候……”话讲了一半，她突然停下来，做出倾听的样子，好像听见什么异常的动静，“是谁在发怪声？”

学生们莫名其妙地东张西望，只有史蒂夫没动。

“我听见一个微弱的声音，是抓挠的声音。”本尼迪斯太太神秘地低语，“听起来像……像是只老鼠！”教室里顿时乱作一团，女同学尖叫起来，胆小的孩子爬上课桌。

“镇静，大家镇静！”本尼迪斯太太大声说。“谁能帮我找到它？可怜的小老鼠一定吓坏了。”孩子们乱嚷一气：“讲台下面！”“窗帘后面！”“安妮的书桌里！”

“史蒂夫，你能帮我吗？”本尼迪斯太太向静静坐在座位上的史蒂夫求助。

“OK！”小家伙回答。他挺了挺腰板，脸上闪着自信的光芒。“请大家保持安静，史蒂夫在工作。”本尼迪斯太太示意大家肃静，小教室里很快鸦雀无声。史蒂夫歪着头，屏息凝神，手慢慢指向墙角的废纸篓：“它在那儿，我能听到。”

一点儿没错，本尼迪斯太太果然在纸篓里找到了那只小老鼠。它正躲在废纸底下，瑟瑟发抖，结果被听觉异常敏锐的史蒂夫发现了。

历史课重新开始，一切恢复原状。但史蒂夫变了，一颗自豪的种子开始在这个黑人盲童的心里生根发芽，渐渐驱散了他的自卑感。每当心情低落时，他便想起那只纸篓里的小老鼠。直到多年以后，他才知道小老鼠不是意外掉进纸篓的，而是本尼迪斯太太特地请来的“助手”。

复活节的彩蛋

杰里米一生下来就和别的孩子不一样，他不但身体扭曲变形，反应迟钝，而且身患绝症，如今病魔正一点点地吞噬着他的生命。尽管如此，他的父母仍旧尽最大的努力让他过正常的生活，并且把他送到圣特丽萨小学读书。

杰里米12岁的时候，才读到小学二年级。很显然，他的学习能力非常有限。上课的时候，他会在座位上不停地扭动身子，嘴里流着口水，发出呼噜呼噜的声音。有时他也能很清楚很明白地说话，就好像有一道亮光洞穿了脑中的重重黑暗。但是，这种情况非常稀少而且短暂。大多数时候，杰里米总是会使桃瑞丝·米勒老师发火。

一天，米勒老师打电话给杰里米的父母，请他们到学校来。

空荡荡的教室里，福里斯特夫妇惴惴不安地坐在座位上。桃瑞丝老师对他们说："杰里米应该到特教学校去上学。让他和这些学习上没有障碍的比他年龄小 5 岁孩子在一起学习，对他来说是很不公平的。"

听了老师的话，福里斯特太太伤心地哭了起来。福里斯特先生说："米勒小姐，你知道，这附近没有那种学校。如果我们把杰里米从这所学校带走的话，对他来说会是一个非常沉重的打击。因为我们知道他很喜欢这里。"

福里斯特夫妇离开以后，桃瑞丝静静地凝视着窗外纷纷扬扬的雪花，独自一人在教室里坐了很久很久。她感到那冰雪的冷酷似乎已经渗透到她的灵魂深处了，她虽然很同情福里斯特夫妇，但继续让杰里米留在她的班级里是一件不公平的事情。她还有其他 18 个孩子要教，而杰里米会使他们分散注意力、不安心学习的。此外，杰里米根本就学不会阅读和书写，为什么还要在他身上浪费更多的时间呢？

然而，她突然觉得有一种罪恶感笼罩了她的心灵。"哦，上帝，"她大声地祈祷着，"请您帮助我吧！让我对杰里米多些耐心吧！"

从那以后，桃瑞丝老师竭力不让自己老是去注意杰里米制造的噪音和他那茫然的目光。

有一天，杰里米拖着他那残疾的腿一瘸一拐地走到讲台前，"我爱您，米勒小姐！"他大声说道，声音大得全班同学都能听见。

同学们窃笑起来，桃瑞丝的脸一下子红了。"这很好啊，杰里米，谢谢你。现在，请你回到座位上去吧。"

不久，春天来了，孩子们都在兴奋地谈论着即将到来的复活节。桃瑞丝老师发给每个孩子一颗硕大的塑料彩蛋。她对孩子们说："请大家把这个复活节彩蛋带回家去，明天再把它带回来，但要记住的是，明天在彩蛋里要放一个能够代表新生命的东西。"

"是。"孩子们异口同声地答应着，除了杰里米。他的眼睛一刻也没有离开桃瑞丝的脸，甚至没有像以往那样发出任何噪音。

第二天早晨，阳光明媚，鸟声啁啾。19 个孩子兴高采烈地来到了学校，他们把各自的彩蛋放进讲台上的一个大柳条篮子里。数学课上完后，就是打开这些复活节彩蛋的时候了。

在第一颗彩蛋里，桃瑞丝发现了一朵美丽的花。“哦，很好，花儿当然是新生命的象征！”坐在第一排的一个小女孩挥舞着双臂叫道：“那是我的！”

接着，桃瑞丝打开了第二颗彩蛋。彩蛋里放的是一只惟妙惟肖的塑料蝴蝶，“美丽的蝴蝶是由毛毛虫长大以后变化来的。因此，它也是新生命的象征。”桃瑞丝又打开一颗彩蛋，里面放着的是一块长着苔藓的小石头。

接下来，桃瑞丝打开了第四颗彩蛋，她一下子惊讶得屏住了气。彩蛋里竟然空空如也！这一定是杰里米的，她想，当然，他根本就不明白她布置的作业。为了不使杰里米感到难堪，她轻轻地把那颗彩蛋放到了一边，伸手去拿另外一颗彩蛋。

突然，杰里米大声叫道：“米勒小姐，您不打算说说我的彩蛋吗？”

对于杰里米这冷不防的问话，桃瑞丝没有任何准备，她惊惶失措地答道：“但是，杰里米，你的彩蛋是空的啊！”

杰里米凝视着桃瑞丝的眼睛，轻声地说：“是的，但耶稣的坟墓也是空的啊！”

顿时，大家都惊呆了，教室里鸦雀无声，时间也仿佛停止了。良久，桃瑞丝才回过神来，她问道：“你知道为什么耶稣的坟墓是空的吗？”

“哦，当然知道啦！”杰里米大声说道，“耶稣被杀死以后，遗体就放在坟墓里，但是天父又让他复活了！”

下课的铃声敲响了。孩子们兴高采烈地冲出教室，奔向校园。在空荡荡的教室里，桃瑞丝激动地哭了起来。此刻她身体里汹涌着阵阵暖流，先前那冰雪一样的冷酷完完全全地被融化了……

3个月之后，杰里米死了。在殡仪馆，前往悼念的人们惊讶地发现在杰里米的灵柩上放着19颗彩蛋，而且，每一颗都是空的。

女教师的特异功能

这故事发生在一个偏僻的小村庄，村头有一所小小的学校。有一天，上课必需的粉笔突然用完了，女教师便想了一个办法。她找了杯清水，然后对孩子们说：“来，老师蘸着水在黑板上写，上课……”孩子们懂事地点了点头，答应了。

于是，她一笔一画地教，孩子们一笔一画地学。

当然了，这需要速度。因为，只要教得慢了点，或者记得慢了点，那用水写的字就立刻干了，看不见了。

这以后，每当没有粉笔的时候，女教师就以水代笔；而可怜的孩子们，也便渐渐地适应了这种奇怪的上课方式。

一天，女教师哭了。她想起了鲁迅笔下的孔乙己。那蓬头垢面的孔乙己，为了教咸亨酒店的小伙计认字，曾用他的长指甲蘸着酒，在柜台上写过“茴香豆”的“茴”字；可是今天，她这个亭亭玉立的女教师却要用那仙女般的纤纤玉指，蘸着水在黑板上写字，在冰凉冰凉的黑板上耕耘了！可她想想，又笑了。磨秃了自己的手指头，却丰富了孩子们的心灵，值得。

她从容，坦然，一如既往。又一天，她走进教室，正准备上课，突然发现杯子里的水已全部漏完。也难怪，那盛水的杯子太陈旧了，陈旧得让人想起这个古老民族的沉重的历史。

没水，怎么教书？没水，怎么上课？也就在这山穷水尽的时刻，女教师突然感到，从她右手的手指尖上，正在不断地渗水——亮晶晶的水珠！有水就能上课！女教师猛地转身，在黑板上不停地写了起来。

她写得飞快。孩子们也记得飞快。

就这样，每当她转身板书的时候，那指尖上的水珠也就恰到好处地冒了出来。

天！她从此有了特异功能！日复一日，年复一年。

这种古怪教育的奇异结果，便是造就了一批可以高速理解、高速记忆、高速运算的神童。也正是由于这种神奇的高速度，这批神童被一所著名的大学破格录取了。

后来，有人专门研究过这批神童，发现他们都具有特异功能，即：凡是被泪水浸泡过的地方，他们都能准确地断定，这里曾经发生过什么，是悲剧，还是喜剧。

那么，从女教师的手指上奔涌而出的那些液体，究竟是什么呢？有人化验过，那水，与泪水的化学成分一模一样……

一把小刀的教益

那位老师叫什么，我已经不记得了。记忆中印象深刻的，是年逾花甲的他总有着和蔼的、极具亲和力的笑容，发根处时常残留着染发剂褪色后留下的红黄相间的颜色。

他以前是教物理的，在我上初中二年级的时候，他教了我们一学期的手工课。手工课不是主课，每周只有一节，所以班里很多同学并不重视。难得的是，他上课却很认真，经常鼓励我们发挥想象力搞一些小发明，或布置一些手工作业要我们完成。而在每堂课上，他都会对这些“小作品”进行点评和打分。

记得有一次，他要求我们“变废为宝”自制一把小刀，其实就是利用废弃的锯条，将一端磨出锋利的刃，另一端包上胶布以防扎手。他说每个人都必须完成，因为得分会计入期末的总评成绩。

那时我特别希望自己的手工作品能够得90分以上，因为每次上课，他都会把得90分以上的作品收集起来，放在讲台上的一个“专区”里，让大家排着队上去参观。这是一种巨大的荣誉！但是，要得90分谈何容易，除非作品特别精致或者非常有创意，否则别想得到这个荣誉。

为了这个梦寐以求的90分，我一回家就四处找材料，从我家附近的一个建筑工地上找到一根光亮干净没有锈痕的废锯条。但是接下来的工作可让我犯了难：我家没有磨刀石，这可怎么办？突然，我的脑海里灵光一闪——我家门口的楼梯不太光滑，表面上布满芝麻大小的凹坑，在上面磨锯条一定行！

于是，那几天一放学，我就端一碗水坐在楼梯口，把地和锯条都洒湿，然后就撅着屁股呼哧呼哧地磨起来，一直磨到母亲叫我吃饭时，才收工回去。下班的叔叔阿姨个个奇怪地盯着我，闹不懂这个小妮子满头大汗地在搞什么名堂。就这样卖力地干了两天，我的小刀终于“完工”了！捧着自己的劳动成果，我的心里又惊又喜。

上手工课那天，一看到别人做好的小刀，我心里立马凉了半截。别人的刀刃磨得又光又亮，刀锋也长；而我的刀刃在楼梯上磨得黑不溜秋的，刀锋也是短短的，只能算是“小匕首”。无奈，我只好硬着头皮把“作业”交到讲台上。

老师开始一件件地“鉴赏”我们的作品了，他很认真地给每一把小刀打分，每逢有做得精致的，他都要夸奖几句，并把这件作品放到讲桌最前面的“精品区”里。突然，周围一阵大笑，只见他从一堆精致的小刀里抽出我的“小匕首”，脸上一副诧异的神情。我的心猛地收紧了，泪水也涌上了眼眶。

“这是哪位同学做的？”他的嗓门平日就很嘹亮，今天更是让胆小的我打了个寒噤。我犹豫着站了起来，周围的笑声更大了。“告诉老师，怎么回事？”我只感到眼泪就要夺眶而出了，强忍住哽咽解释道：“老师，我家没有磨刀石，这是我在楼道里磨了两天才做出来的。”

“哦……”一声长长的叹息之后，他脸上的表情顿时也丰富了起来。“嗯，好的！”他微笑着轻轻地把我的小刀放到“精品区”里，和那些制作精致的小刀搁在一起。

其实，手工课只是中学里无关紧要的一门课，他也只是我中学时代里众多老师中的一位，但我记住了他，记住了那把小刀，更记住了在那堂课上，记住了当他将我那丑陋的作品轻轻放进“精品区”时，脸上挂着的微笑。从那以后，我明白了一个道理：只要尽了最大的努力，别人就不会轻视我！直到现在，但凡我做一件事情，纵然身边高手如云，我也绝对不会为自己的弱势而自卑。因为我知道，只要自己努力了，就对得起天地良心。

不要轻易拔去杂草

师范毕业后，我被分到一所乡村小学任语文教师，并当上了班主任。本以为乡村的孩子纯朴、憨厚，很听话。殊不知，我一个大人，却被班上小孩搞得无所适从，实在让我觉得有些恼怒。班上有几个特别淘气的孩子，他们好像是天生的讨债鬼，无时无刻不在给我制造尴尬和麻烦。课堂上接话茬、扰乱课堂纪律、和同学打架早已成了家常便饭，各种各样的恶作剧更是让我的权威不断地受到挑战。此外，他们的成绩每次都给班级拖后腿，而且频频成为其他科任老师对我抱怨的话柄。好几次我想狠狠地教训他们一顿，甚至将他们弄走。

有一天，那几个孩子又给我惹事了，气得我跑到主任家里，跟他诉苦，说这几个差生，搅得我的班级不成样子，让我的一番心血都白费了，快把他们弄走吧。

主任听了我的要求，没有直接回答我，而是对我说：“走，陪我看花去。”

主任是个花迷，他一边不停地给自己花园里的各种花草浇水，一边笑着说：“没那么严重吧？淘气的孩子身上也有优点嘛。”

“可我实在找不出他们身上的优点啊！”我急了。

“每个人都有闪光之处，只是你还没有发现。别着急，慢慢来嘛！”主任不急不忙地给一株花搭着支架。

忽然，我发现在一片开得很旺盛的花朵中间，很明显地生长着几株野草。我伸手要去拔，主任拦住了我。我很不解。

主任说：“这片花里必须留着几株草，要不这花不会开得这么好了。”

怎么会有这种怪事呢？我更加迷惑不解了。

主任解释道：“这种花特别能长，若没有几株草跟它们争养料，它们会长得很高，却开不出多少花；有了这几株草，它们就能恰到好处地生长，花开得多，开得艳。怎么样，这几株野草也起了不小的作用吧！”

哦，原来是这样，我不由得多看了这几株平常的草。蓦然间，我突然明白：即使是看似可有可无的小草，也有着某些花所不具备的优点啊！而我们班那几个淘气的孩子，不就像这几株野草吗？

以前，我对他们几乎是不屑一顾，认为他们不求上进，不值得我为他们浪费时间，觉得他们浑身都是毛病，连他们的优点也反感。可仔细一想，他们除了成绩差以外，所表现出的“惹事生非”很大程度上不正是他们这个年龄的特征吗？大个子张华打得一手好球，内向的梁勇曾因我一句表扬的话而给二十几盆花浇水，“笨郭靖”李小明不是常帮同学扫地吗？……这些，不都是他们的闪光点吗？

以后，我逐渐对他们关注多起来，我尽力帮助他们养成良好的学习、品德等习惯。对他们给予格外地关注，充分认同他们的兴趣、特长以及品质中的哪怕是细小的亮点。对于我的关切，他们总是一副受宠若惊的样子。但我能感觉到他们身上在慢慢地发生着变化。

后来，在我的热情帮助下，那几个淘气的孩子都有了根本地转变，我的班级成了全校最好的班级，在班主任的经验交流会上，我只说了一句话——千万不要轻易拔去花间的杂草。

有种水果叫香蕉

“香……蕉”。老史在课堂上读，学生们就跟着念，满屋子的“香蕉”声就这样划破了山村晨雾。学校是沂蒙山深处的一个破庙，老史是学校里唯一的教师，学生只有 14 个，却分属 4 个年级。

“老师，什么是香蕉？”一个孩子从石板叠起的“课桌”后面站起来，他举了手问了这个问题。他的脸蛋儿冻得通红，猴子屁股似的。他还穿着开裆的棉裤，屁股蛋儿被板凳冰得生疼。

“香蕉是一种水果，可以吃。”老史回答。

“像咱村的山楂一样吗？是圆的吗？有山楂大吗？”孩子继续发问。村里只有山楂能够吃。

“大概是吧！”老史挠了挠头，头发上马上沾了些许白白的粉笔屑。

“老师没吃过香蕉吗？”孩子不依不饶地问，另外 13 个孩子也瞪大眼睛看着老史。

"没，我也没吃过，"老史不光没吃过香蕉，也没见过香蕉。"连老师都没吃过。"孩子长叹一口气，很失望地坐到板凳上。

老史回到家中，问自己的媳妇，家里还有多少钱。媳妇刚卖了鸡蛋，有10块钱，准备到集上打油吃。"拿来给我，吃过饭，我进一趟城。"

媳妇撅着嘴从裤腰里掏出了手绢儿，一层层打开，把一卷儿毛票儿不情愿地递给老史。

到城里有60多里路。老史步行到镇上坐汽车，要2块钱。老史很心疼：媳妇得攒多少鸡蛋呢？但还是坐了。

到了城里，一下车，老史就在车站上打听，有卖香蕉的吗？正好旁边有卖水果的小贩，一听便乐了，真是土老帽，连摊子上黄灿灿的香蕉都不认识！他忙把老史叫过来，问老史买不？老史这才认得啥玩艺儿叫香蕉：黄黄的，月牙般的，十几个像孩子一样挤着，真像学校里自己教的14个娃儿。老史想着想着便笑了。老史问多少钱一斤，小贩要1块5，少一分不卖。老史讲了半天价，也讲不下来。只好称了4斤。

老史看天还早，掏出怀里的玉米饼子，向小贩要了一碗开水，蹲在车站里吃了。老史兜里还剩下2块钱，他舍不得花了，心想又不是不识路，干吗还要瞎花钱坐车？走着回去吧！省2块钱给媳妇买个头巾。他就去市场给媳妇买了头巾，便走着回家了。

冬天天黑得快。走到约40里地的时候，天就渐渐黑了。还有十多里路呢，老史很着急，不觉跑起来。等村里人掌灯吃饭的时候，老史才瞧见村里的灯火。山路曲曲折折，天又黑，老史一脚踩空，跌了一跤，头正磕在石头上，眼前一黑，就什么也不知道了。

老史醒来的时候，觉得头疼，睁开眼一看，媳妇正在油灯下哭呢，见他醒了，忙给他盖了盖被子。"香蕉呢？"老史忙问。"在这儿呢！你连命都不要啦？"媳妇心疼他。见香蕉好好的，老史就放心了，忙从怀里掏出头巾给媳妇。媳妇破涕为笑，把头巾蒙在头上对着镜子照，不一会儿又哭了……

第二天早上，老史还没起，一睁开眼，吓了一跳。14个学生都站在床前，手里提着鸡蛋、红糖之类的东西，那个孩子哭着揉眼，"都怪我，老师。"老史把孩子叫到身边，用手给他把泪擦干，然后，从床头上把香蕉拿出来，一支一支地掰给学生，自己也拿了一支，笑着对孩子说："老师不知道怎么能教好学生，今天，你们都知道什么是香蕉了吧！来，一人一支，咱们一块吃。"

说完，老史便把香蕉塞进嘴里，学生们都打量手里那黄黄的、胖胖的、月牙一样的香蕉，学着老史的样子，把香蕉塞进嘴里。每个人嘴里都涩涩的，不好吃。老史对学生说大概香蕉就这味儿吧！你看，城里小贩多坑人！虽然不好吃，学生们都吃下去了。孩子们眼里盈着泪，不知是不是涩的……

后来，那个提问的孩子走出了大山，考进了城里的学校；再后来，他又考进了一个更大的城市的一所大学。他早已知道香蕉是热带植物，是一种剥了皮才能吃的水果。他去了南方，在香蕉树底下照了一张照片，咧着嘴笑，头顶一挂硕大的香蕉。他把照片寄给了老史。

其实没有障碍

毕业晚会上，平时总是很严肃的老教授忽然说："我们来做个游戏——障碍赛。"

他指挥着我们，在教室中间拦上一高一低两根绳子，又在讲台跟前摆上了几把椅子。

游戏是这样的：参赛选手要蒙上眼睛，先要钻过、跨过这两根绳子，然后从椅子中间穿过去，再走上讲台。在这个过程中，身体任何部位都不能接触到障碍物，否则就算失败。游戏前，可以不蒙眼睛先试着走两次，适应一下。

游戏开始。5位选手都被蒙上了眼睛。一号选手虽然十分小心，但还是一脚踢翻了椅子。旁观者哄堂大笑，那几位蒙着眼睛的就更紧张了。

二、三、四、五号选手上场，我们一边起哄提示"抬脚，抬得高一点"、"弯腰，低点，再低点"、"向左一点，要碰到椅子了"，一边笑得开心无比——因为这时，我们已经在老教授的示意下，悄悄地撤去了绳子，搬走了椅子。其实已经没有障碍了，看他们还做出那样谨慎而夸张的动作，怎能不让人觉得好笑？

游戏的结尾，是5位选手站在讲台上，一起取下蒙眼巾。看着空荡荡的教室，他们先是疑惑，然后也大笑起来。

等大家都笑过后，老教授开口道："你们就要离开学校，到社会上打拼去了。我没有什么送给你们，只是想通过这个游戏让你们明白：在人生中，有些你以为的障碍，其实并不存在。最大的障碍，是在自己心中的。"

转眼十多年过去了。这些年来，每当我面对困难没有信心、感到恐惧时，就想起那个游戏，想起老教授的那番话，我就对自己说，现实中的困难和障碍，往往没有想象中那么严重，甚至，很可能并不存在。于是便鼓足勇气，去迎接挑战，战胜困难。

生命里的碗

研究生毕业后，志明揣着学位证书以及干一番事业的雄心壮志应聘到了青岛一家声名远播的电器集团，成了一名收入不菲的白领。

志明立志在自己的领域干出一番成绩，然而事情并没有志明想得那么一帆风顺，不到半年志明便感到疲惫不堪，提前撕毁合同。原因是沉闷的人际关系让志明感到窒息，志明觉得在这种虚伪、相互猜忌的氛围里自己简直要疯了。对志明而言，心境上的快乐是最重要的。于是志明跳槽到了另外一家公司。

然而事与愿违。在新公司工作了仅仅三个月后，志明便又辞去了工作。原因是志明感觉身边的每个人对自己都不够真诚。于是，志明带着美好的期待再次跳槽到了另一家企业，但是没做两个月志明又以同样的原因再次跳了出来……

转眼毕业已经快两年了，其他起点不如志明的同学都已经在各自的领域里有所建树，而志明还在不停地辗转奔波，找寻着属于自己的位置。在第N次跳槽以后，志明郁闷得不行，感觉自己快要崩溃了，于是拨通了读研时导师童教授的电话。

志明在电话中向导师倾吐心中的迷茫与伤感。志明说，现在社会时时充满竞争，处处尔虞我诈，每个人都把心灵包裹得很严，害怕一旦让别人找到了自己的“软肋”，会对自己、对工作有诸多不利。因此，志明为人处世也总是抱着“留一手”的想法，不敢向别人袒露真实的自己，结果是身心俱疲。

教授对此未置一词。他给志明讲了一个故事：有一个年轻人去买碗，来到店里他顺手拿起一只碗，然后依次与其他碗轻轻碰击。碗与碗之间相碰时立即发出沉闷、浑浊的声响，他失望地摇摇头。然后去试下一只碗……他几乎挑遍了店里所有的碗，竟然没有一只满意的，就连老板捧出的自认为是店里碗中珍品也被他摇着头失望地放回去了。老板很是纳闷，问他老是拿手中的这只碗去碰别的碗是什么意思？他得意地告诉老板，这是一位长者告诉他的挑碗的诀窍，当一只碗与另一只碗轻轻碰撞时，发出清脆、悦耳声响的，一定是只好碗。

老板恍然大悟，拿起一只碗递给他，笑着说：“小伙子，你用这只碗去试试，保管你能挑中自己心仪的碗。”他半信半疑地依言行事。奇怪！他手里拿着的每一只碗都在轻轻地碰撞下发出清越的声响。他不明白这是怎么回事，惊问其详。老板笑着说，道理很简单，你刚才拿来试碗的那只碗本身就是一只次品，你用它试碗那声音必然浑浊，你想得到一只好碗，首先要保证自己拿的那只也是好碗……

教授的故事讲完了，志明有如醍醐灌顶，一下子就从中悟出了自己处处碰壁的真正原因。就像一只碗与另一只碗的碰撞一样，一颗心与另一颗心的碰撞需要付出真诚才能发出清脆悦耳的响声。而一直以来，自己带着猜忌、怀疑甚至戒备之心与人相处，就难免得到别人的猜忌与怀疑，从而使自己的人际关系日趋紧张了。

传递贝多芬的吻

一位旅美钢琴演奏家，回国后办了一个钢琴培训班，招收的主要是少年儿童。他教得很认真，但孩子们大都并不适合练钢琴，他们在琴房里练习只是为了父母“望子成龙”的期望。但他喜欢这些孩子，尽自己最大的努力启发孩子们对音乐的领悟，试图从人格上影响他们。

演奏家与其他的教师有所不同，他并不是按同一个标准要求孩子们完成，而是找出不同难度的练习曲，分别让天赋不同的孩子们弹奏。

每当孩子们演奏完曲子，他都会来到孩子身后，轻轻拍拍孩子的肩，说：“不错，有进步。”

然后，他会站在讲台上，当着全体同学的面夸奖哪个孩子哪个乐章演奏得好。这是一种普通的教育方法。但是奇怪的是，他所教的孩子们的演奏技艺进步很快，不少孩子出乎寻常地超过了自身原有的水平。

一次举行少儿钢琴大赛后，他教的一位孩子以一曲巴赫的“C大调”脱颖而出，成为金奖得主。其实这孩子原来的天分并不理想，他的父母不懂音乐，他们生活在工业区一家即将破产的企业的宿舍里。

有记者问孩子，为什么在短短几年内，他的演奏水平进步得这么快？孩子说：“每当我演奏完一首曲子，老师都要在我的肩上拍拍，鼓励我，我就会在心里对自己说，我要演奏得更好，让老师夸奖我。”

这个答案显然没有满足记者的好奇心，他想从演奏家那儿知道这个孩子得奖的一切。但演奏家没有说孩子，而是对记者讲了一个故事：有一个孩子很小的时候就开始练钢琴了，琴艺进展不是很快，他经常受到老师的责备。血气方刚的孩子便和钢琴老师吵了一架，钢琴老师对孩子说：“你没有音乐天赋，你只是一个能把钢琴弹出声音的人，而不是演奏家。”老师的结论让孩子陷入了无法自拔的痛苦之中，他也怀疑自己是不是弹钢琴的料，他想转行学点其他有用的东西。但一次偶然的机会，他遇上了一位钢琴演奏家，当他知道孩子会弹钢琴时，便让他当场弹奏几曲，孩子便从容地弹了自己最拿手的曲子。弹奏完毕，演奏家站起身来，在孩子的额头上轻轻吻了一下，说："我的孩子，这个吻来自贝多芬。多年前我的老师把这个吻传递给我，现在我把它送给你，好好照料这个贝多芬的吻。"

那个孩子从此后就甩掉了所有的自卑，因为他要承受得起这个来自贝多芬的吻。

演奏家对记者说："那个自卑的孩子就是当年的我，当我来到国内，看到我的学生时，我也要把这个来自贝多芬的吻传递下去，只不过按照中国人的习俗，我把它换成了轻轻的拍肩。"

每一种草都是花

那时我们还居住在深山里的乡下，我还是个十五六岁的孩子。春天，小草刚被融雪洗出它们嫩嫩的芽尖时，老师告诉我们，学校准备组织我们搭车到百里外的县城去参加作文竞赛。我们一听，又兴奋又担扰，兴奋的是我们能够坐上大汽车去县城里看看，担忧的是，我们这群山里的孩子，作文能赛过城里的学生吗？

头发花白的老校长看出了我们的忧虑，他就说："你们常常上山下田，谁能说出一种不会开花的草？"

不会开花的草？蒲公英是会开花的，它的花朵金黄金黄的，秋天时结满了降落伞似的小绒球；汪汪的狗尾草也是会开花的，它的尾巴似的绿穗穗就是它的花朵；就连那些麦田里的荠荠草也是会开花的，它的花洁白洁白的，有米粒那么大，像早晨被太阳照亮的一颗颗晶莹的露珠。我们想来想去，把每一种草都想遍了，可是谁也没有想出有哪一种草是不会开花的。我们想了半天，都摇摇头说："老师，没有一种草是不开花的，所有的草都会开出自己的花朵。"

老校长笑了，说："是的，孩子们，每一种草都是一种花，栽在精美花盆里的花都是一种草，而生长在田地边和山野里的草也是一种花啊。不论生活在哪里，你们和其他人一样，都是一种草，也都是一种花。记住，没有一种草是不会开花的，再美的花朵也是一种草！"

几十年过去了，当我从深山里的乡下走进都市里的大学，当我从乡下青年成为城市缤纷社会的一员，当我面对一束束色彩缤纷的鲜花和一次次雷鸣般的掌声时，我从不自卑，也没有浮躁过。我总会想起老校长的那句话——没有一种草是不会开花的，而每一种花朵也是一种草。

请你跺跺脚

那一年，青年德皮勒完成了全部学业，从州立大学毕业，他做了一名教文学的老师。其实，德皮勒非常想去做一名优秀的长跑运动员。4 年前的他曾是那么单纯而痴迷的一名运动青年，但是，他的梦想却在生活中成了幻想。

德皮勒从最新的教育学书籍上学到一种新的游戏方法——如果感到幸福你就拍拍手。

德皮勒大声对所有人说："如果感到幸福你就拍拍手。"这种方法是要激发学生的想象力和敏感性，让他们学会表达。孩子们纷纷举手，跟着德皮勒拍。他们的面孔从僵硬乏味立刻变为鲜活生动。德皮勒更加激情高涨，他的视线从一个学生跳到另一个学生，最后，定格在一个男孩脸上——他是那样的面无表情！

"如果感到幸福你就拍拍手。"

德皮勒重复了一次，那个男孩还是一声不吭，一动不动，表情甚至有些愤怒。"如果感到幸福你就拍拍手。"德皮勒冲着那男孩更加大声地喊了一句，那个男孩还是不说话。

不过其他学生的表现却很奇怪，按照一般的情况，这应该勾起大家的好奇。但是，所有的孩子都没有去关注这一事件。只有一个学生轻轻地说："老师，他叫詹姆斯。"德皮勒深深地倒吸了一口气，终于克制住自己。

接下来继续上课。德皮勒最后给学生布置了作文题目：幸福。

下课之后，德皮勒老师把詹姆斯叫到了办公室。他问："为什么不和大家合拍呢？下次不可以这样，知道吗？"男孩的手抄在口袋里，沉默地点头。一直到他回教室，他的右手始终放在口袋里没拿出来过。

德皮勒老师心想，嘿，我遇到了一个脾气倔强的孩子。

詹姆斯又惹事了，他和另外一个男孩打架了。德皮勒老师赶过去的时候，争执已经结束。詹姆斯全身都是乱糟糟的，唯一不变的是，他仍把右手抄在口袋里，站着不动，满脸通红。

"你又怎么了，詹姆斯？"

詹姆斯毫不理睬，转身跑掉了。

"詹姆斯的右手以前因触电被切断啦！"有一个女生说，德皮勒老师的心猛然一缩。

晚上，德皮勒老师坐在房间里一本一本地看交上来的作文，把封皮上写着詹姆斯名字的本子单独抽出来。

第二天，德皮勒老师仿佛什么都没有发生过，平静地走上讲台，然后把前一天的作文本子发下去。直到最后的5分钟，他说："我们重复一下昨天的游戏。但是，我们今天稍微修改一下，如果感到幸福你就跺跺脚。来，老师先带头。"

德皮勒带头跺起脚来，非常地用力，左右两只脚一起动着，看上去非常滑稽，因为他跺起脚来，像是罗圈腿。学生们都是聪明而细心的孩子。一分钟后，教室里响起剧烈如暴风雨的跺脚声。其中，德皮勒老师听到一个最特别的声音，那是詹姆斯发出的。因为，詹姆斯那天跺脚的声音是最大的，并且眼里含着泪水。

手心里的伤痕

那一年我高考落榜进了补习班复读，由于心情低落，再加上补习班中的学生龙蛇混杂，我学会了抽烟。虽然学校对学生吸烟管得极严，可是对于补习班的学生来说，那些规定形同虚设。

有一天第二堂下课时，全校学生都出去做课间操了，我叼着一支烟优哉游哉地站在教学楼的门厅里向操场张望。忽然，我一回头发现校长正从楼上走下来，我来不及把烟掐灭，便一咬牙将大半截烟攥在手里。如果被校长看见我抽烟，后果不堪设想，被开除回家不说，近2000元的补习费也白交了。

校长走到我身边，问："怎么没去做操啊？"

我忙说："今天肚子不舒服。"

校长看了我一眼，忽然说："我认识你，当初学校属你作文写得最好了。听说你没考好，现在在补习班？"

我点了点头，右手依然攥得紧紧的，有一种钻心的疼痛。校长又说："在补习班要好好学啊，你会考上一所好的学校的。"

我说："谢谢校长，我会努力的。"

此时课间操已经结束，学生潮水一般向这边涌来。校长忽然抓起我的右手，说："你和我到办公室来一下。"于是他拉着我向楼上走，我的手仍然紧握着，疼痛使我皱起了眉头，同时心里不停地揣测校长找我会有什么事。

到了二楼的校长室，一进屋，校长便说：快把手张开。我一惊，还是乖乖地伸开了手掌。手里那半支烟已被揉搓得不成样子，手心已烫坏，周围起了几个泡，烟灰沾了一手。

校长叹了口气，把我带到洗手间，打开水龙头给我冲洗手上的烟灰。我麻木地任凭他给我洗手，低头间忽然看见了他的白发，心便痛了起来，更甚于手上的痛。

冲完了后，校长带我来到办公桌前，从抽屉里找出纱布为我把手缠上。弄完后，让我坐在沙发上，默默地看了我一会儿，说："我下楼的时候就看见你抽烟了，也看见你在把烟攥在了手里。我没有制止你，是想看到底你能忍多久。孩子，我知道你原来的成绩很好，也知道你现在那种失落的心情，这是人之常情，可是，你连烟头烫手的疼痛都忍住了，还有什么挺不过来的呢?不要因为一次失败就丧失斗志啊。"

听完校长的话，我的眼中忽然蓄满了泪水。

从校长室出来，我把口袋里的香烟连同打火机都丢进了垃圾筒。我开始了前所未有的努力，把一切诱惑摒弃于心门之外。第二年，当我收到录取通知书时，第一件事就是去找校长。他看着通知书，一脸的笑容，然后他拉起我的右手仔细看了看，手心里留下了一个伤疤。他笑着说："你的伤没有白受啊。"

那以后的日子里，无论遇到什么样的挫折打击，我都会攥紧右拳对自己说："还有什么挺不过来的?"手心里的伤痕，给了我永远的勇气与斗志。

易地以处学会感恩

YI DI YI CHU XUE HUI GAN EN

永远的孤坟

1861年，雷格尼只身来到新西兰。他是爱尔兰人，生于1833年，因为宗教的原因离开爱尔兰。起先他住在澳大利亚，由于受过良好的教育，他在澳大利亚当起了家庭教师。后来新西兰发现了黄金，一阵淘金热几乎将全世界的人都吸引到了南岛奥塔哥的金矿区。雷格尼也在1865年来到了米乐平原附近的马蹄湾，在盖博瑞溪谷从事淘金工作，一住就是47年。他工作勤劳，热心助人，只要是发生在马蹄湾的事，他没有不知道的。

有一天雷格尼外出工作的时候，发现了一具被河水冲到岸边的年轻人的尸体，这种事在当时屡见不鲜。特别是在1864年到1866年之间，在金矿区经常有人被淹死。有些人可以叫得出名字但没有姓，有些人只能叫出他们的外号，但是都不知道如何联系他们的家人，其中有很多具尸体因为不知道姓名，在死亡的记录上只好记作无名尸。

雷格尼发现的这一具尸体就没人知道他是谁，在无人认尸的情况下只好以无名尸处理，葬在乱葬岗上。

想到一个可怜的人，死在一个如此遥远的地方，既没有名字，也没有墓碑，雷格尼心中有些难过与不忍。毕竟他也是别人家的孩子，也是父母的心肝宝贝啊。在验完尸后，雷格尼就告诉验尸官他要把这具尸体埋掉。雷格尼还在坟上立了一个木制的碑，上面刻了几个字："别人的心肝宝贝"。

1903年，有人用烧红的火钳想把这几个字给烙清楚一点，结果却把字母"S"给弄掉了。这个埋尸地点如今已成为一个风景区，叫做"孤坟"，距离米乐平原大桥只有9千米远。这儿只有两个坟却有三个墓碑，一个是雷格尼用黑松木刻的，一个是大理石刻的“别人的心肝宝贝”，旁边，雷格尼自己的墓碑上则被别人刻着“雷格尼：埋葬别人心肝宝贝的人”。

这件事一直在米乐平原上流传了100多年。

为什么雷格尼会对一个毫不相识的陌生人，付出像对待一个老朋友般的感情呢？这可以从他写给《吐帕克时报》编辑的信中看出：“我为什么会对这座坟有感情，因为我好像有一种预感，我将来死后也会像他一样：一座孤独的坟躺在荒凉的山丘上。”

雷格尼在爱尔兰是一个神职人员，因此他没有结婚也没有子女。雷格尼逝世后，人们根据他的唯一请求，将他埋在那座孤坟旁边。这两位生前从未相识的人，却在死后紧紧地靠在一起，永不分离。

贫困的滋味

早就听说他多年来一直捐助自己家乡的贫困生，现在又连续3年在广东和平县一次性认领了60个孩子，感动敬佩之余，我还以为他是一个有钱人。

十几天前才第一次见到他，出乎我意料的是他很年轻，很帅气。问起他捐助贫困生的事，他竟是一脸的羞涩。还是他的朋友插言：其实他早在1995年就开始做这样的善事了，除了捐助贫困生，他还捐助家乡的小村修路、架桥、通电什么的。

“你用来捐助的钱，是做生意赚的吗？”我问。

“不，就靠我的工资。”

“你月工资多少？”我又问。

“4000多元。”

“那捐助这么多学生，自己也不剩什么了吧？”我惊诧了。

“他现在还算过得去，早几年他捐助家乡建设，有时还向我们借钱呢。”他的朋友笑着接我的话道。

和他的朋友细聊起来，这才知道，为了赞助贫困生，他自己从来舍不得买超过100元的衣服。从1995年到现在，他捐出的钱已超过20万了。

是什么力量，使他像一口永不枯竭的井，一瓢一瓢地献出自己？我一边猜测着一边想当然地问：“我想你捐助自己的家乡，一定有报恩的心理。过去，你曾经得到过家乡人的许多帮助吧？”

他沉吟了一会儿，声音低沉地说：“不，我自幼丧父，是母亲把我们兄弟4人拉扯大，我们是名副其实的孤儿寡母。说老实话，那时村里人是看不起我们的，我们甚至还受欺侮。”

“那你怎么还……”望着他似有泪光的眼睛，我不理解了。

“因为我遭受过贫困，我深深地知道贫困的滋味，现在，我想以自己的行动证明，人不要小看弱小的人，人应该懂得怎样保护弱小者。弱能走向强，贫能走向富。世界上没有一成不变的东西……”

这个人叫许凌峰，深圳人。

获得资助的资格

在菲律宾有一个老华侨，叫张清华，他在那里奋斗了大半辈子，几经沉浮。年老的时候，想为自己的家乡做点事情。于是，老人分别给他的家乡——山东聊城地区的几所学校的校长写信，希望每个校长能推荐几个学生的名单，以便老人从中选出一些学生作为资助的对象。

这时老人的家人说：“干嘛搞那么麻烦，直接捐给希望工程，多省事呀！”

老人摇着头说：“我的血汗钱只给那些配得到它的孩子。”

究竟哪些孩子才有资格得到资助呢？特困生，优等生，还是特长生，大家不知道老人在想什么。过了一段时间，校长回信了，学生的名单到了老人手里。老人就买了很多书，有《十万个为什么》、《上下五千年》、《鲁迅全集》等，分门别类包装好，准备寄给名单上的学生。

在每一本书第一页上，老人都亲笔写上赠言，内容是：赠给品学兼优的学生×××。落款是老人的住址、姓名、电话。家人看到这样的情况，面面相觑：觉得这样的礼物太寒碜了。老人把书寄出去后，每天都去邮箱看里面有没有来信，还常常对着电话发呆，好像在等什么人。

转眼间，3个月过去了。老人好像很失落的样子，家里人也不知道他在想什么。在元旦节前夕，老人收到了一张普通的贺卡，上面写着：感谢您给我寄来的书，虽然我不认识您，但我会记得您，祝您身体健康，新年快乐！

老人看到这张贺卡，竟然兴奋得像孩子一样叫了起来：“总算有回音，总算有回音了，终于找到一个可以资助的孩子了。”老人说，“我寄出的这些书是块试金石，只有心存感恩的人才会有资格得到我的资助。”

土地失去水分的滋润会变成沙漠，人心没有感恩的滋养会变得荒芜，没有一种给予是理所应当的，不知关爱的人，纵使给他阳光，日后也不会放射出温暖，也不配得到别人的爱，不知感恩的人注定是个冷漠自私的人。

童心前的颤抖

二战时期，在一座纳粹德国的集中营里，关押着很多犹太人。他们遭受着纳粹无情的折磨和杀害，人数在不断减少。

有一个天真、活泼的小女孩和她的母亲一起被关在集中营里。一天，她的母亲和另一些妇女被纳粹士兵带走了，从此，再也没有回到她的身边。当小女孩问大人她的妈妈哪里去了，大人们流着泪对小女孩说：“你的妈妈去寻找你的爸爸了，不久就会回来的。”小女孩相信了，她不再哭泣和询问，而是唱起妈妈教给她的许多儿歌。她还不时爬上囚室的小窗，向外张望着，希望看到妈妈回来。

小女孩没有等到妈妈回来就在一天清晨被纳粹士兵用刺刀驱赶着，和数万名犹太人一起被逼上了刑场。刑场上早就挖好了很大的深坑，他们将一起被活活埋葬在这里。

人们一个接一个地被纳粹士兵残酷地推下深坑，当一个纳粹士兵伸手要将小女孩推进深坑中去的时候，她睁大漂亮的眼睛对纳粹士兵说：“叔叔，请你把我埋得浅一点好吗？要不，等我妈妈来找我的时候，就找不到了。”纳粹士兵伸出的手僵在了那里，刑场上顿时响起一片抽泣声，接着是一阵愤怒的呼喊……

人们最后谁也没能逃出纳粹的魔掌。但小女孩纯真无邪的话语却撞痛了人们的心，让人们在死亡之前找回了人性的尊严和力量。

暴力真的能摧毁一切？不，在天真无邪的爱和人性面前，暴力的行为让暴力者看到了自己的丑恶和渺小。刽子手们在这颗爱的童心面前颤抖着，因为他们也看到了自己的结局。

美丽的手机号码

一天，我正走在路上，手机响了，话筒里是个稚嫩的小女孩的声音：“爸爸，你快回来吧，我好想你啊！”凭直觉，我知道又是个打错的电话，因为我没有女儿，只有个 6 岁的独生子。这年头发生此类事情也实在是不足为奇。我没好气地说了声：“打错了！”便挂断了电话。

接下来几天里，这个电话竟时不时地打过来，搅得我心烦，有时态度粗暴地回绝，有时干脆不接。

那天，这个电话又一次次打来，与往常不同的是，在我始终未接的情况下，那边一直在坚持不懈地拨打着。我终于耐住性子开始接听，还是那个女孩有气无力的声音："爸爸，你快回来吧，我好想你啊！妈妈说这个电话没打错，是你的手机号码，爸爸我好疼啊！妈妈说你工作忙，天天都是她一个人在照顾我，都累坏了，爸爸我知道你很辛苦，如果来不了，你就在电话里再吻妞妞一次好吗?"孩子天真的要求不容我拒绝，我对着话筒响响地吻了几下，就听到孩子那边断断续续的声音："谢谢……爸爸，我好……高兴，好……幸福……"

就在我逐渐对这个打错的电话发生兴趣而拨打了这个号码时，接电话的不是女孩而是一个低沉的女声："对不起，先生，这段日子一定给您添了不少麻烦，实在对不起！我本想处理完事情就给您打电话道歉的。这孩子的命很苦，生下来就得了骨癌，她爸爸不久前又被一场车祸夺去了生命，我实在不敢把这个消息告诉她，每天的化疗，时时的疼痛，已经把孩子折磨得够可怜的了。当疼痛最让她难以忍受的时候，她嘴里总是呼喊着以前经常鼓励她要坚强的爸爸，我实在不忍心看孩子这样，那天就随便编了个手机号码……"

"那孩子现在怎么样了?"我迫不及待地追问。

"妞妞已经走了，您当时一定是在电话里吻了她，因为她是微笑着走的，临走时小手里还紧紧攥着那个能听到'爸爸'声音的手机……"

不知什么时候，我的眼前已模糊一片……

粗糙容颜的背后

从第一次踏进这间病房时起，我便有些讨厌 3 号床的那个男人。男人姓苏，三十出头的样子，穿一件皱皱巴巴的短衫。男人是本市菜农，城市扩建后被征了地，用补偿款开了一家沙石料厂，阔绰的出手与邋遢的外表很容易让人联想到一个词：暴发户。

男人大大咧咧的，说话时声带上像是安了喇叭，从不掩饰自己的喜怒哀乐。给人印象最深的便是他每天坐在桌边大快朵颐，真想不通他怎么就那么爱吃肉。而且，每天中午只要一吃完饭，他便理所当然地把挨着窗台的那个空床据为己有，人往上面一躺，两分钟不到便鼾声四起，给人的感觉这儿不是病房倒像是他的家。

与 3 号床形成鲜明对比的是 1 号床的那对母子，极少说话，总是安安静静的。女人患乳腺癌，刚刚做完手术。儿子上小学，她男人靠种地和养些鸡鸭过活。男人极少来探望，更多的时候是那个男孩守候着母亲。男孩很懂事，主动包揽了整个病房里的热水供应。

1号床的桌上基本没什么水果，偶尔有个苹果或一两块西瓜，母子俩也是推来让去的。有时丈夫会带些从街上买的卤肉来，女人总是先埋怨男人乱花钱，然后把大部分肉夹到孩子的碗里。

一日，1号床那个女人的丈夫来探视时竟带了一小袋炸蝉蛹来，黄灿灿、香脆脆的。男人给我和3号床各抓了一把，一屋子人嚼出了满嘴的香。尤其是3号床的男人，像发现了新大陆般，一再恳求1号床的男人帮自己弄点儿，说自己在饭店里吃过这东西，25块钱一盘。却没这个新鲜，只要能帮着弄些来，自己愿意按一元一个买他的。

1号床的男人笑了笑，没说什么。几天后，1号床的男人果然又弄了些来，3号床如获至宝，非要给对方27块钱，1号床的男人不肯收。3号床的男人硬是把钱塞给了男孩，并且说自己就喜欢吃这口儿，只要是新鲜的，有多少要多少。1号床的男人没在意，男孩却把这话放在了心上，一到傍晚便跑到医院后面的树林里去挖。男孩很勤奋，最多时一晚上竟能挖到二三十个，3号床的男人总是照单全收。有了这项收入，1号床的餐桌渐渐丰盛起来，中午时男孩会为母亲买上一个肉菜，几个应季的水果，晚上再加上一袋鲜奶。

这样的日子持续了半个多月，一天，男孩悄悄地告诉我，3号床的男人吃蝉蛹上了瘾，现在有两个小朋友在帮着挖，他按每个2毛钱从小朋友手里收来，卖给男人。

我惊讶于男孩的聪明，也为他能找到这样一个赚钱的途径而高兴。婆婆出院时，我把亲友送的水果、罐头之类的东西留给1号床，女人不肯收，我谎称车小，再跑一趟还不够油钱，那女人才接受了。从医院出来，刚走了几步，远远看到3号床的男人手里拎着一个塑料袋子，径直走进路旁的灌木丛中。及至走近，我才发现，他倒掉的竟是蝉蛹！男人抬头，见是我，尴尬地笑了笑："买得太多。""那你还买？"我疑惑地瞅着男人。"嘿嘿……"男人挠了挠头，露出一脸和他的年龄极不相称的腼腆，"看那一家怪不容易的。大忙咱也帮不上，添个菜的钱还是有的。"

我恍然大悟，原来他一直在用这样的方式接济着1号床的病友。那一刻，我简直不敢相信，在这个男人粗糙容颜的背后，竟有一颗如此细腻而温软的心。

买花的小乞丐

午后的天灰蒙蒙的，风没有消息。乌云压得很低，似乎要下雨。就像一个人想打喷嚏，可是又打不出来，憋得很难受。

多尔先生情绪很低落，他最烦在这样的天气出差。由于天气的关系，他要转车到休斯敦。开车的时间还有两个小时，他随便在站前广场上漫步，借以打发时间。

“太太，行行好。”一个声音吸引了他的注意力。循声望去，他看见前面不远处一个衣衫褴褛的小男孩伸出鹰爪样的小黑手，尾随着一位贵妇人。那个妇女牵着一条毛色纯正、闪闪发亮的小狗急匆匆地赶路，生怕小黑手弄脏了她的衣服。

“可怜可怜吧，我 3 天没有吃东西了，给一美元也行。”

考虑到甩不掉这个小乞丐，妇女转回身，怒喝一声：“滚！这么点小孩就会做生意！”小乞丐站住脚，满脸是失望。

真是缺一行不成世界，多尔先生想。听说专门有一种人靠乞讨为生，甚至还有发大财的呢。还有一些大人专门指使一帮孩子乞讨，利用人们的同情心，说不定这些大人就站在附近观察呢，说不定这些人就是孩子的父母，如果孩子完不成定额，回去就要挨处罚。不管怎么说，孩子也怪可怜的。这个年龄本来该上学，在课堂里学习。这个孩子跟自己的儿子年龄相仿，可是这个孩子的父母太狠心了，无论如何应该送他上学，将来成为对社会有用的人。

多尔先生正思忖着，小乞丐走到他跟前，摊着小脏手：“先生，可怜可怜吧，我 3 天没有吃东西了。给一美元也行。”不管这个乞丐是生活所迫，还是欺骗，多尔先生心中一阵难过，他掏出一枚一美元的硬币，递到他手里。

“谢谢您，祝您好运！”小男孩金黄色的头发都连成了一个板块，全身上下只有牙齿和眼球是白的，估计他自己都忘记上次洗澡的时间了。

树上的鸣蝉在聒噪，空气又闷又热，像庞大的蒸笼，多尔先生不愿意过早去候车室，就信步走进一家鲜花店。他有几次在这里买过礼物送给朋友。

“你要看点什么？”卖花小姐训练有素，礼貌又有分寸。

这时，从外面又走进一人，多尔先生瞥见那人正是刚才的小乞丐。小乞丐很认真地逐个端详柜台里的鲜花。

“你要看点什么？”小姐这么问，因为她从来没有想小乞丐会买花。

“一束万寿菊。”小乞丐竟然开口了。

“要我们送给什么人吗?”小姐问道。

“不用，你可以写上‘献给我最亲爱的人’，下面再写上‘祝妈妈生日快乐!’”

“一共是20美元。”小姐一边写，一边说。

小乞丐从破衣服口袋里哗啦啦地摸出一大把硬币，倒在柜台上，每一枚硬币都磨得亮晶晶的，那里面可能就有多尔先生刚才给他的。他数出二十美元，然后虔诚地接过下面有纸牌的花，转身离去。

这个小男孩还蛮有情趣的，这是多尔先生没有想到的。

火车终于驶出站台，多尔先生望着窗外，外面下着雨，路上没有了行人，只剩下各式车辆。突然，他在风雨中发现了那个小男孩。只见他手捧鲜花，一步一步地缓缓地前行，他忘记了身外的一切，瘦小的身体更显单薄。多尔看到他的前方是一块公墓，他手中的菊花迎着风雨怒放着。

火车的轮子撞击铁轨越来越快，多尔先生的胸膛中感到一次又一次的强烈冲击。他的眼前模糊了。

孩子的遗愿

一对农民夫妇15岁的儿子得了一种恶性皮肤病，那是他们的第一个孩子。夫妻俩借了所有能借到的钱，领着儿子到处去看病。

那年冬天，在北京的一家医院里，母亲陪护儿子治疗，儿子睡在病床上，母亲就和衣坐在冰凉的水磨石板上。几十个日日夜夜，她没有安稳地睡过一宿觉。母子俩吃的都是从家里背来的煎饼和咸菜，大夫们实在看不下去，午餐的时候，总会给他们打来两份饭菜，而母亲依旧吃着煎饼和咸菜，把另一份留给儿子晚上吃。

后来，儿子的病情不断恶化，医生告诉母亲：“孩子的病治不好了，维持生命需要很多的钱。”母亲回到病房，默默地收拾行李，然后平静地对孩子说：“咱们回家吧。”说完，母子两人在走廊里抱头痛哭了整整一夜。天亮时，便乘火车离开了北京。

再后来，孩子的不幸遭遇被一些媒体报道了，好心的人们纷纷捐款，连学校的孩子也将自己的零花钱一分一分地捐了出来，希望能留住他的生命。然而，这是一种非常严重的病，孩子还是死了。

孩子在离开人世之前，把能够知道姓名的好心人一个一个地记在笔记本上，他告诉父母：“我不想死，可我知道自己的病拖累了你们。我死之后，一定把这些钱还给人家。”终于有一天，孩子走了，孩子走的时候脸上带着微笑，像睡着了的样子。

埋葬了孩子，这对可怜的父母显得苍老了很多。虽然家里已是空空荡荡的，连生活都成问题，但他们还没有遗忘孩子的遗愿。夫妻俩变卖了家产，踏着积雪，敲开那一扇扇门，把钱一笔一笔地退给那些曾经帮助过他们的人，并对那些好心人说：“孩子已经走了，多谢你们帮忙。”

人们拒绝接受，他们哭了：“孩子的心愿不能违呀！”大伙只好含着泪收下。而那些无法退回的钱，他们用来作为一个基金，谁家有病有灾的，尽可以拿去使。其实，他们正是最需要钱的。然而，他们却帮助了那些更需要帮助的人们。

十二号的皮鞋

那是入夏以来最热的一天，街上每个来去匆匆的行人似乎都在寻找阴凉的歇脚地，所以街脚的那间冰激凌店成了最受欢迎的地方。

下午三点左右，一个叫做珍妮的小女孩手中攥着硬币走进店中，她只想买一份最便宜的甜筒。可是还没有走近柜台就被侍者拦住了，侍者示意她看一看门上挂着的告示牌。珍妮的脸一下子红了，她感到店里那些衣冠楚楚的顾客的目光都集中在自己缀着补丁的衣服上。于是她转过身，想赶快走出去。但是她没有发现，店里有位高个子先生悄悄起身，跟在她的后面走出店门。

高个子先生看到，珍妮凝视着的那块牌子上写着：“赤足免进”。他看见这个贫穷的小姑娘眼睛里噙满泪水。他叫住正要离去的珍妮，她吃惊地看着高个子先生脱下脚上那双十二号大的皮鞋放到她面前。

“哦，孩子，”他轻松地说，“我知道你不喜欢它们，它们的确又大又笨。可是，它们却能带你去吃美味的冰激凌。”

他弯下腰帮珍妮穿上大皮鞋，“快去买冰激凌吧，好让我的脚凉快凉快。我就坐在这里等你。你走路一定要小心。”

珍妮感激得说不出话来，她红扑扑的笑脸是骄阳下灿烂而甜美的花朵。她穿着那双特大号的皮鞋，摇摇晃晃地、一步一步走向冰激凌柜台。店堂里突然安静下来。

一辈子，珍妮都会记得那位始终不愿意告诉她名字的叔叔，记得他高大的个子，宽大的鞋子，博大的心。

看见的第一眼

他生下来就是个瞎子，父母开始还抱着能治好的希望，把他留了下来。可是当他们听医生说，治好他这双眼睛起码要花5万元钱，而且还没有把握时，父母彻底绝望了。他们是农民，5万元钱可不是说着玩的。

后来，他们又生了个健康的儿子，于是他被丢在了一个陌生城市的火车站。那时他才6岁，又是冬天，母亲把最厚的棉衣穿在他身上，他还是感到冷。他开始哭，“哇哇哇”地大哭，惊动了许多人。他听到身边有好多人在说话，他听不懂说什么，就一个劲地喊：“我要妈妈！我要妈妈！”但是妈妈没来，爸爸也没来。他知道爸爸妈妈嫌他是一个瞎子，不要他了。

后来，有一双粗糙的大手拉起他冰凉的小手，一直拉着他走进了一个温暖的地方。这个人说：“这是我的家，以后也是你的家。”这个人让他喊他叔叔，他喊了，换来了许多好吃的东西。

后来，叔叔一点儿一点儿地让他熟悉这个家，告诉他床在哪儿，柜子在哪儿，吃的东西在哪儿。叔叔常常出去，他就在家里待着。叔叔怕他寂寞，给他买来许多玩具，有能跑的汽车，有能响的冲锋枪。他看不见，却愿意听这些玩具的声音，他觉得那是世界上最美妙的东西。

他慢慢长大了，在叔叔的细心照顾下，除了眼睛看不见，其他部位都很健康。他曾问叔叔，自己长的什么样。叔叔说他长得很好看，就像电视里的小帅哥。他没见过电视，当然不知道电视是什么样子，更不知道里面的小帅哥到底有多帅。他脱口说道：“我要是能看到该多好啊！”

叔叔听了，用那双粗糙的大手抚摸着他的脸，怜爱地说：“你不是听医生说过，5万元钱就可以治好你的眼睛吗？我现在正在挣钱，不管能不能治好你的眼睛，我一定要试试。”当时他躺在叔叔怀里哭了，泪水从他那黑暗的眼里流出来，热辣辣的。叔叔用他那双粗糙的大手给他擦泪，尽管有点痛，可他却觉得非常幸福。

终于有一天，叔叔兴奋地告诉他，攒够5万元钱了！叔叔激动地拉着他的手来到医院。后来他被推进了手术室。7天后，当医生准备给他拆眼睛上的绷带时，叔叔突然止住了医生，对他说：“孩子，如果你看到的世界和你想象中的世界不一样，或者你还是什么也看不见，你会失望吗？”他说他不会失望，叔叔说：“那我就放心了。”医生拆绷带时，他紧紧攥着叔叔那双粗糙的大手，心里紧张极了。

医生一层又一层小心地拆着，他的心就一下比一下跳得猛，当医生终于把最后一层绷带拆掉时，他终于看到了！他首先看到了许多人，这些人脸上都挂着泪滴。他一侧头，不禁惊呆了，他面前正坐着一个眼睛深深凹下去的瞎子！他顺着瞎子的胳膊一直往下看，他看见，自己正紧紧地攥着瞎子那双粗糙的大手。

请你做我爸爸

我第三次见到那小女孩时，她依然穿着那套陈旧然而干净的牛仔服。她弓着身子，拿着一块深灰色抹布擦洗着我的车轮，蹲在地上的她显得瘦小单薄。

我以为她是家境困难，想通过这种方式赚点钱。我拍拍她的短发跟她打招呼，她惊恐地站起来，将双手反背在身后，红着脸跟我打招呼："您好！莫伦先生，我叫莎丽尔。"

我一边打开车门一边掏钱打算付给莎丽尔小费，但是莎丽尔却紧张地摇头说："莫伦先生，我并不是想要您的钱。"

我看着紧张而羞怯的莎丽尔开玩笑说："难道，你是想跟我交朋友？"

她"咯咯"笑出声来："因为，您跟我爸爸长得很像！"

看得出，莎丽尔说这话的时候积攒了很大的勇气，而且一提到"爸爸"，她的眼泪几乎就要掉下来。我突然萌生出一种无以言表的情愫，就像对待自己的孩子那样的感情。于是我对她说："我开车带你兜兜风好吗？"

她睁大眼睛，有些不相信地看着我，然后突然雀跃着钻进车里。莎丽尔在车上兴奋地这里摸摸那里碰碰。

很快，这个十多岁的小孩子消除了陌生感，打开了话匣。她说她父亲是个非常英俊幽默的男人，在她两岁的时候离家去阿姆斯特丹做生意，他承诺赚了钱就会开着红色跑车回来接妻子和女儿，还要为她们创建一座牛羊成群、绿草如茵的大农场呢……

莎丽尔的故事还没有讲完，我已明白了她的意思。她的母亲快要离开这个世界了，莎丽尔希望找到一个长相和她爸爸相似，而且有着鲜艳跑车和大农场的男人，让妈妈"等到"心爱的男人，了无遗憾地离去。

"莫伦先生，我在半年内找了许多叔叔，可是他们中间没有一个人愿意听我的故事。您是最好的！"她还从口袋里取出了一张照片——她父亲15年前的照片，照片里的是一个英俊年轻的小伙子，但并不像莎丽尔说的那样和我非常神似。莎丽尔是要我扮演她的“爸爸”，也就是她母亲的丈夫。

莎丽尔满脸笑容，眼神中映射着无比澄澈的温暖，我无法拒绝这样一个小女孩如此善良的要求。

一个阳光普照的下午，我载着莎丽尔向霍华德大街的“南茜精神病院”出发了。莎丽尔的妈妈正在熟睡，这个被思念和病魔折磨得不成人样的女人，却被小小的女儿拾掇得异常整洁。

没想到，莎丽尔的母亲醒来后，突然扑倒在我怀里号啕大哭。她真的把我当成了她苦苦等待的丈夫！看着一旁兴奋激动的莎丽尔，我突然觉得自己的生命在那一刻无比澄澈温馨。

坐在一旁的莎丽尔似乎不相信眼前的一切，她好几次悄悄掐自己的手背，然后露出得意的笑容。

我朝她努努嘴：“怎么不叫爸爸?”慢慢地，莎丽尔终于蹭到我身边，迟疑许久，轻轻地叫了声：“爸爸。”我伸开另一只臂膀将她搂进怀里……

一小时后，我和莎丽尔将她母亲扶下楼，当她远远看到我那辆鲜红的跑车时，紧紧抓住我的手说：“亲爱的，我知道你一定会回来的，我终于等到了你。”我当然“回来了”，我甚至也为“妻子”准备了一座大大的农场。整个晚上她都拽着我和莎丽尔在农场转悠。

突然间，我领悟到，原来做一个有情又有义的男人可以这样的幸福。晚上10点钟，我开车送她们回医院。我一直等莎丽尔的母亲睡着后才离开。莎丽尔将我送到病房外面，她说：“莫伦叔叔，真的谢谢你。”莎丽尔不知道，我这个42岁的中年人其实早已被她深深感动和激励。

翌日下午，我又开车来到精神病医院。这让莎丽尔感到无比惊喜，我拍着她的肩膀说：“我愿意做你的爸爸，喜欢和一个好孩子陪着她的妈妈。”

半个月后，莎丽尔的妈妈最终含笑离去。丧礼结束后，我向莎丽尔张开双臂，说：“孩子，知道我现在最想你叫我什么吗?”莎丽尔眨眨眼睛没领会过来。

我再指指自己的胸口，莎丽尔终于张开双臂跑过来扑进我的怀里轻轻地叫了一声“爸爸”。

让他为你擦车

我们驱车去一个朋友家玩。途中，朋友说，她自己轻易是不请人到家里作客的，除非是非常要好的朋友。于是，我们就笑着回答说：“那我们是贵客哦。”

她有些羞涩地说：“其实也有我哥哥的原因，因为他自小就是一个哑巴，即便是长大了，心里也很单纯，所以接人待客多少有些不方便。”

我们沉默了些许，表示理解，越发觉出朋友对我们的诚意。

她家住在东郊的一个旧居民小区里，房子依然是旧时的红墙瓦房，多少有些厚重的意味。我们去她家之前，她已经打电话告诉父母了。于是，到我们出现的时候，家人早已迎了出来。

出来的人中，我看到了一个年轻的小伙子，穿着一身干净洁白的衬衫，褶皱还未褪去，显然是刚穿上的，清秀的脸上被一种纯净的笑容堆满着。我猜他定然是朋友的哥哥了，但是心里又不敢相信眼前这个英俊的小伙子怎么会缺少一副响亮的嗓门呢？

接着，我们进屋坐下。刚落座，茶酒饭菜就已经端了上来，看来她的父母是掐着时间做的，我看着这满桌热腾腾的饭菜，心里暖烘烘的。于是也立起身来，想请她的家人一起坐下。但她的母亲执意不肯，只留下她的父亲和她，陪我们一起吃饭。于是我们只好遵从主人的意思，安静地坐下来吃饭。但是我心间依然划过一个问号，此刻，她的哥哥在干什么呢？

饭吃到一半，我的手机忽然响了，于是我起身出门去接电话。刚踏到门边，我就呆住了，因为我忽然看到在停车的空地上，一个穿白衬衫的年轻人正提了一桶水在给我们擦车，那人就是朋友的哥哥。我顿时手足无措起来，哪里有客人忙着吃饭而主人却忙着为客人擦车的道理呢？我立即摁掉刚接通的电话，迈步前去制止他。

可就在这时，我被人一把拉住，转头看时，正是我的朋友。她笑眯眯地把我往家里拉。我提醒她：“那是你哥啊！”

朋友笑着回答说：“是的，没关系，那是他自己去的。”

“这好像有点说不过去吧，怎么能让我们吃饭却让他去给我们擦车呢？”我心中顿时掠过一丝不快。

朋友显然知道我的秉性耿直，于是就笑着小声解释说：“你想我可能去委屈自己的哥哥吗？只是我每次留他在席间招待客人，他都十分尴尬。因为他无从交流，总是感觉自己没用。但是他也是个好客的人，于是就希望能为客人做点什么，比如帮客人打理一下行囊，擦一下车什么的，表达自己的热情，也表明自己不是个负累了。所以，请你就让他为你擦次车吧。”

朋友的话音落下，我的心情豁然开朗起来，原来，朋友不让我去制止她哥哥为我们擦车，只是为了在饭桌之外给他一个待客的平台而已。原来这不是一种沉默的遗弃，而恰恰是在巧妙地给他另一种尊重。

这种细心而特殊的安排，顿时让我感动得心潮翻滚。我不禁想到：即便是一个自小就身有残疾的人，只要生活在这个世界里，他也会有自己的思想，他也希望能够得到别人的认可和尊重，当他不能正常和别人交流的时候，我们就应该给他另一个平台，让他尽情地表达。

吃完饭，我们闲坐了片刻，就迈出门去，准备回城了。这时，她的哥哥早已把我们的车擦得崭新亮洁，一个人微笑着站在车旁，那白色的衬衫早已被黄色的泥土染成一片又一片的淡黄，他看上去像一个贪玩的孩子。我竖起大拇指表扬他。他看着我那由衷的赞赏，心里高兴起来，脸顿时笑成了一朵灿烂的花。

回去的路上，明媚的阳光忽然穿云而出，我想着那张天真灿烂的如花一般盛开的笑脸，忽然又有些恍惚起来，仿佛自己坐上一辆可以返程的时光列车，正奔驰在温暖如春的大路上……

心里的上帝

福格森是一家私立小学的教师。他原本是一个优秀的机械工程师，但因为他的妻子不能生育，而他又非常喜欢孩子，所以应聘到了这所位于市郊的私立小学。

福格森家境清贫，前些年虽然小有积蓄，但他的父亲两年前身患绝症，需要手术费。福格森把积蓄都拿了出来，手术做了，但父亲却死在了昂贵的手术台上。他的妻子玛丽开了一个小诊所，生意马马虎虎，两人的生活也就是不缺衣少食罢了。

但福格森很满足。他把感情都倾注到了孩子们身上，孩子们都很喜欢他，在这些孩子们当中，福格森特别喜欢小约翰。这孩子不仅聪明乖巧，而且有着极强的创造力。后来，小约翰请求每周三、五晚上到福格森家里接受课外辅导，搞科学小发明，福格森高兴地答应了。

小约翰第一次来到福格森家，看到老师家中的贫寒境况吃了一惊。他说："老师，你为什么生活得这样苦呢？你很缺钱吗？"福格森笑着说："不，小约翰，我很快乐啊！我有这么多可爱的孩子们。"

周五晚上，小约翰领着一个气宇轩昂的中年男人进了福格森的家。原来他就是小约翰的爸爸老约翰，一个大名鼎鼎的银行家。老约翰环视四壁，叹着气说："福格森老师，您的清贫让我非常不安。多谢您对我儿子的关怀和指教，我要用每年10万美元的薪酬来感谢您。”

小约翰微笑地看着福格森，显然这是他游说的结果。但是福格森面色严肃，郑重其事地说：“谢谢您的好意，但我不会接受任何人的可怜和施舍，因为我并不奢求奢华的生活。”

老约翰有些始料未及，尴尬地站着，良久嗫嚅道：“福格森老师，我……我是真诚的。”

福格森摆摆手说：“您的好意我心领了。小约翰是我的学生，我来指导他是分内的事情。”

“那么，好吧。”老约翰向福格森微微地鞠了一躬，转身走了出去。上车后，他自言自语了一句：“世界上还有这样的人！”

天有不测风云，半年后的一天，福格森的妻子玛丽出了严重的医疗事故，导致病人死亡。虽然免于刑事起诉，但民事赔偿榨干了家中的一切，还欠了数万美元的债。玛丽在这一打击中受了极大的刺激，精神失常，被送进了精神病院。

老约翰第二次登门，满脸悲悯之色地要求帮助福格森，可他仍然拒绝了帮助。老约翰手里攥着一张大额的支票，怏怏地回到车上，用拳头狠狠地砸了一下方向盘，对自己说：“世界上真有这样的人！”

福格森过着极度节俭的生活，他要省下每一分钱来还债和给妻子治病。由于营养不良，福格森的脸色开始发黄，头发干枯，身体常常感到疲乏无力。所幸的是，玛丽的病情得到了控制，而且他每一次去探望，玛丽的精神都在渐渐好转。

这天，福格森开着破旧的吉普车，又前往精神病院看望妻子。半路上，他突然发现路边躺着一个老人，看样子是病了。他本能地一个急刹车，跳下车来，奔到老人身边，问：“先生，您怎么了？”

老人痛苦地指着自己的上衣口袋，吃力地说：“我的心脏病犯了。急救药在这个口袋里，您能帮我拿一下吗？”福格森忙把药丸掏出来，给老人含在口里。过了一会儿，老人恢复了过来，不断地向福格森道谢。福格森摇摇头，说：“您不用客气，我现在送您回家吧。”

把老人安顿在床上后，老人便与福格森聊起来。老人问福格森的家庭情况，福格森只说了自己的职业和早年做工程师的经历，对家里目前的窘境却绝口不提。

老人突然来了精神，说：“这么说，您精通机械？”福格森腼腆地说：“还行。”老人从口袋里拿出一张名片，兴奋地递给福格森：“这是我的名片。”

福格森接过来，这才知道老人是当地一家有名的机电有限公司的总裁，叫怀特。老人接着说："尊敬的福格森先生，我的公司有一个专为残疾人生产机械用品的福利车间，眼下开发新产品遇到了技术问题。我看到您是一个富有爱心和学识的人，我想聘请您担任公司的技术指导，月薪两万美元。您放心，不会影响正常的教学工作，不知您意下如何?"

福格森有些心动了，两万美元的月薪对他不啻是雪中送炭："好吧，怀特先生，我会努力的!"

福格森的生活境遇有了很大的好转，他不仅没有耽误教学工作，还为开发"盲人引路器"立下了汗马功劳，为此福格森获得20万美元的奖励。

一年半后，福格森开了自己的私立小学，他特意请怀特先生来剪彩。从豪华小车上下来的怀特对前来迎接他的福格森说："看，我还给您带来了一个意想不到的贺礼。"说着，冲自己的轿车招了招手。

车门打开了，楚楚动人的玛丽走下车来。福格森简直不相信自己的眼睛，他和玛丽热烈地拥抱，激动地说："亲爱的，这是怎么回事?我昨天去见你，你还没有痊愈呢!"

玛丽流着泪说："其实，我半个月前就康复了。对不起，亲爱的，我欺骗了你。"

"为什么?"福格森如坠云里雾中。

"还是让我来告诉你吧。"怀特微笑着说，"事实上，这一切都是老约翰的安排。他私下里花钱为你的妻子雇最好的医生，用最好的药；而为了帮助你，他想出了让我半路装病的主意，因为他料定你会相救。当然，如果你视若无睹的话，我们也就不必帮助你了，因为对一个缺乏爱心的人，帮助是没有价值的。老约翰尊重你的清高和自尊，所以才让你看不出任何痕迹。知道吗，老约翰是我们公司最大的股东。"

这时，老约翰从轿车里走了下来，欣慰地握着福格森的手，动情地说："亲爱的福格森，在这个撒满阳光的世界里，关爱和被关爱都是幸福的，因为我们的心里都住着一位上帝，他的名字叫做仁爱。"

放在门口的鱼

这是发生在山村里的一件事。

在一个寒冷冬季的早晨，女主人像往常一样打开柴屋的门，准备取些木柴做早饭。忽然，她听到"喵喵"的猫叫声。

奇怪，家里没养过猫，究竟是怎么回事呢？她顺着叫声找过去，竟发现一只母猫刚刚生下了六只小猫。小猫的眼睛还睁不开，冰冷的地面迫使它们缩成一团，一个劲儿地往母猫身子底下钻。

看到有陌生人来了，疲倦而虚弱的母猫十分警惕，浑身的毛都竖了起来，它“呜呜”地低声叫着，弓起腰，准备和“入侵者”拼命。

女主人见此情景，不禁起了怜悯之心，她默默地回去，给母猫一家取来御寒的旧毛毡和一些吃的。母猫呢，仿佛明白了她的心意，也就毫不客气地大吃起来。

就这样，一个月、两个月，小猫渐渐长大，冬季也在这温暖的呵护中过去。

一天早晨，女主人像往常一样来喂猫，猫却全都不见了，女主人到处找，还是没找到。一连几天也没见到它们。她想：“可能它们悄悄地搬走了。”

后来，发生了很多“怪事”。逢年过节的时候，门口总会出现一条鱼或者别的什么。

是谁在开这样的玩笑？刚开始，大家以为是有人恶作剧。

谁知，第二年依然如此。等到第三年的时候，家人觉得实在是太离奇了。于是，在这年除夕的晚上，男主人裹了棉被坐在外面，盯着门口，一定要查个水落石出。

结果，在半夜的时候，他发现从远处慢慢走来一只猫。更让他吃惊的是猫的嘴里还叼着一条鱼。它走到这家门口，把鱼放下，静静地凝视着里面，过了好一会儿，才悄然离去，消失在茫茫的夜色里。

男主人回去告诉了妻子。经过分析才知道：原来，是猫在报恩。

边界上的瓜田

战国时期，梁、楚两国相邻。梁国边境县的县令一职由梁国的大夫宋就担任。

梁、楚两国都设有边亭。两国边亭的人员各自种了一块瓜田。梁亭百姓十分勤劳，肯吃苦，多次给瓜田浇水灌溉，他们种的瓜长势很好。而楚亭人员比较懒惰，给瓜田浇水灌溉的次数少，他们种的瓜长势不好。

楚亭人员看到梁亭的瓜田长得绿油油的，比自己的瓜田长势好，十分妒忌，就在夜间偷偷去扒乱梁亭的瓜秧，使梁亭的瓜秧有的枯干而死。

不久，梁亭的人员发觉了这件事，就向县尉请求：允许他们也偷偷到楚亭的瓜田，扒乱楚亭的瓜秧，进行报复。

因为这件事可能造成两国边境事端，事态严重，县尉没敢擅自做主，便去请示县令宋就。

宋就知道了以后，说："唉！这是什么话！这是结怨招祸的办法，如果真的这样做了，对双方都没有好处。让我教给你处理这件事的办法，你必须每天夜晚派人前去，偷偷地给楚亭浇灌瓜田，还要让他们不知道。"

县尉听了，感到很为难，但是这是县令的意思，他不敢违抗，只好把县令的话转告给了老百姓。百姓们更不明白这其中的意思，但既然这是县令的命令，他们不敢不照县令的意思去做。

于是，梁亭人员就在每天夜里前去，偷偷地浇灌楚亭的瓜田。楚亭百姓早晨到瓜田一看，发现已经浇灌过了。就这样，在梁亭人员的帮助下，楚亭的瓜田长势一天比一天好起来。楚亭人员感到奇怪，便暗中察访，知道原来是梁亭人员干的。

楚国的边亭人员大受震撼，便把这件事向楚国的边境县令报告了，县令听到后很高兴，就把这件事报告给楚国朝廷。

楚王听到这件事，感到很惭愧，知道自己的百姓糊涂，做了错事，就对官吏说："我们的边亭人员除了扒乱人家的瓜秧，能没有其他罪过吗？"楚王的言外之意是要求官吏严格约束部下，检查有没有其他向对方挑衅的事件。

同时，楚王对梁国人能暗中忍让感到非常高兴，便派人带着丰厚的礼品向梁国边亭人员道歉，并请求与梁王交往。楚王时常称赞梁王最讲究信义。楚国与梁国关系融洽，是从宋就妥善处理边亭瓜田事件开始的。

伤害了别人也往往伤害了自己，而帮助了别人往往也帮助了自己。

充满尊重的爱

那年我上高二，放寒假时，为了挣够下学期的学费，我每天骑自行车往返50里，跑到城里的一个澡堂去给别人搓澡。搓一位挣三元钱还要给澡堂老板一元，忙一天大概也就挣二三十元。一次下班回家时，赶上了雨夹雪，棉袄都湿透了。第二天头晕发烧。可马上就开学了，我的钱还没攒够，咬咬牙我又去上班了。

进了澡堂子，我只感天旋地转，勉强搓了两位，便坐在一边歇着等活儿。过了好一阵子，一个胖胖的老大爷叫搓澡，我强打精神走了过去。大爷关切地问："小伙子，眼睛通红，脸色不太好啊，病了？"

我害怕大爷换人，急忙说：“不不，我的眼睛不舒服，揉的。”

老大爷应了一声，趴在台上，搓了几下，他便回头对我说：“小伙子，你轻点，我一个老头子受不了重。”

我像抓到了一根救命草，巴不得省点力。我放轻了手，可他还不满足，一个劲地让我再轻些，最后轻到像抹香皂一样，他才说正好。此刻，我晕得几乎站不稳，但我还是坚持着，不断鼓励自己要把这几块钱挣到手。老人付钱后我实在是坚持不住了，到更衣间换了衣服回家。

刚离开澡堂，突然想起搓澡工具没拿出来，便硬撑着回澡堂去取。更衣室里人很多，刚才搓澡的胖大爷正好从泡澡间里走出来，没有看见我。一个小伙子迎上去说：“师傅，你今天怎么搓两遍啊？”

“嗨，刚才那小伙子八成是得病了，脸色不对。最近他天天都在搓澡，看上去还是个学生，也抢不到多的活儿，挣不了几个钱。他搓两下我就感觉他不行了，特意让他轻点，让他把钱挣到手就得啦。他走了，我就又叫了一个人再搓一遍。”老大爷笑着说。

“那你还不如直接给他三块钱算了！”小伙子说。

“你懂得啥，打发要饭的吗？”老人教训着小伙子，“你得给人个自尊，给人个台阶下啊！”

虽然我发着高烧，但老人和小伙子的对话我听得一清二楚。我擦去了感动的泪水，悄悄地离开了澡堂。

这是一份充满尊重的爱，让人懂得帮人首先要尊重人而不是可怜人。

一个面包的承诺

英国的一名矿工在井下挖煤时，一镐刨在哑炮上。哑炮响了，矿工当场被炸死。因为矿工是临时工，所以矿上只发放了一小笔抚恤金给死者的家人。

矿工的妻子在承受失去丈夫的痛苦后，又面临着来自生活上的压力，由于她无一技之长，只好收拾行装准备回到贫瘠的家乡。这时，矿工的队长找到了她，告诉她说矿工们都不爱吃煤矿餐厅做的早饭，建议她在矿区开个面包店，卖些面包和牛奶，一定可以维持生计的。

矿工的妻子想了想，便答应了。于是，她找人帮忙，租赁了一个店面，稍加装修，面包店就开张了。开张第一天的清晨，一下就来了9个人。随着时间的推移，买面包的人越来越多，但却从未少过9个人，而且风霜雨雪从不间断。

时间一长，许多矿工的妻子都发现自己丈夫养成了一个雷打不动的习惯：每天早晨下井之前必须吃一个面包。妻子们百思不得其解。

直至有一天，矿工的队长在一次事故中被炸成重伤。弥留之际，他对妻子说：“我死之后，你一定要接替我每天去买一个面包。这是我们队 9 个兄弟的约定，自己的兄弟死了，他的妻子和孩子怎么生活？咱们得帮帮她。”

从此以后，每天的早晨，在众多买面包的人中，又多了一位女人的身影。来去匆匆的人流不断，而时光变换之间唯一不变的是不多不少的 9 个人。

时光飞逝，当年矿工的儿子已长大成人，而他饱经苦难的母亲两鬓花白，却依然用真诚的微笑面对着每一个前来买面包的人。那是发自内心的真诚与善良。更重要的是，前来光临面包店的人，尽管年轻的代替了年老的，女人代替了男人，但从未少过 9 个人。穿透十几年岁月沧桑，依然闪亮的是 9 颗金灿灿的爱心。

爱心无价，但是人都有尊严，很多需要帮助的人的自尊心更强。所以，献爱心，首先要保护别人的尊严，营造他们自立自强的品格，不要把爱当作一种施舍。

年轻士兵的宽容

二战期间，一支部队在森林中与敌军相遇，激战后两名战士与部队失去了联系。这两名战士来自同一个小镇。

两人在森林中艰难跋涉，他们互相鼓励、互相安慰。十多天过去了，仍未与部队联系上。这一天，他们打死了一只鹿，依靠鹿肉又艰难度过了几天。可也许是战争使动物四散奔逃或被杀光，这以后他们再也没看到过任何动物。他们仅剩下的一点鹿肉，背在年轻战士的身上。这一天，他们在森林中又一次与敌人相遇，经过再一次激战，他们巧妙地避开了敌人。

就在自以为已经安全时，只听一声枪响，走在前面的年轻战士中了一枪。幸亏伤在肩膀上，年轻士兵的性命算是保住了。

后面的士兵惶恐地跑了过来，他害怕得语无伦次，抱着战友的身体泪流不止，并赶快把自己的衬衣撕下包扎战友的伤口。

晚上，未受伤的士兵一直念叨着母亲的名字，两眼直勾勾的。他们都以为他们熬不过这一关了，尽管饥饿难忍，可他们谁也没动身边的鹿肉。天知道他们是怎么过的那一夜。第二天，部队救出了他们。

事隔 30 年，那位受伤的战士安德森说：“我知道谁开的那一枪，他就是我的战友。当时在他抱住我时，我碰到了他发热的枪管。我怎么也不明白，他为什么对我开枪？但当晚我就宽容了他。我知道他想独吞我身上的鹿肉，我也知道他想为了他的母亲而活下来。此后30年，我假装根本不知道此事，也从不提及。战争太残酷了，他母亲还是没有等到他回来，我和他一起祭奠了老人家。那一天，他跪下来，请求我原谅他，我没让他说下去。我们又做了几十年的朋友，我宽恕了他。”

即使一个非常宽容的人，也往往很难容忍别人对自己的恶意诽谤和致命的伤害。但唯有以德报怨，把伤害留给自己，才能赢得一个充满温馨的世界。释迦牟尼说：“以恨对恨，恨永远存在；以爱对恨，恨自然消失。”

发自内心的关爱

在初冬的傍晚，有一辆客车正驶出市区赶往另一座小城。车出市区没多久就有一对母女上了车，母亲很柔弱，弱不禁风的样子；小女孩五六岁的样子，让母亲牵着手。她们在车厢扫视了一下，注意到有座位，于是就坐在了靠近车尾的座位上。

车行驶了不久，车厢里就有了动静，原来是母女俩晕车。售票员忙喊着：“快，快，塑料袋!”她敏捷地从司机身边扯出几个塑料袋，跌跌撞撞地“跑”到车尾，把塑料袋塞给了母女俩。很快，车厢里便飘散着食物酸腐的味道——母女俩晕车，并开始吐了。

这是一辆全封闭的客车，没有窗户可开。售票员嘴里嘟囔着，“咣当”一声，就把车后部的天窗推开了，霎时间一股凉气就冲了进来。果然，没多久，车尾的几个乘客便挤到了前边。后边只剩下一个学生模样的男孩和他的母亲，以及在清新空气吹拂下明显好受一点的母女俩。

天色逐渐暗了下来。男孩的妈妈好像也感觉到冷了，她问儿子：“你冷吗?”

儿子摇摇头说：“不冷。”

“真的不冷吗?”

“真的不冷。”

车继续前行。车窗外，暮色四起，远处的村庄、人影已经变得影影绰绰，看不清楚。车内，除了风的呼啸声，变得很静。

这时候，又听到男孩的妈妈问：“儿子，你冷吗？要不，妈妈给你把天窗关上?”

“妈妈，我不冷，这样才凉快呢。”男孩说完之后，顺便把妈妈加在他身上的单衣扔在了一边。

到达小城的时候，已经华灯初上。大家开始收拾行李准备下车，就在这时候，男孩一把扯起刚才扔在一边的单衣，裹在了身上。

下车后，男孩的妈妈唠叨了起来：“你不是说你不冷吗？我说关上窗户，你说不用，看冻成这样。”她一边说，一边埋下头，给儿子紧紧地系好衣扣。男孩则规规矩矩地站在母亲面前，任由她含着无限疼爱地埋怨着。

最后，男孩低声对他的母亲说：“妈妈，我是想，后边的那个妹妹，还有那个阿姨，她们晕车，肯定比我受点儿冷更难受，所以，我冷，但我不想喊出来……”

我们或许很容易被这个世界的冷漠所淹没，但就在我们快被淹没的一刹那，一个孩子却让我们无地自容了。发自内心的关爱，就是有这样的力量。

特殊的门票

一座小镇上来了一个马戏团，人们都很兴奋，争先恐后去购票观看表演。一个孩子听说后，也跑回家，央求父亲带他去看，其他的7个孩子也跑过来，一齐围在父亲的身边哀告请求。父亲耐不住软磨硬泡，终于答应了。

这是一个俭朴的家庭，一家人都很勤劳，却没什么钱，但父亲想：“一张门票能贵到哪里呢！”于是，父亲带着8个穿着干净衣裳的孩子出门了。孩子们手牵着手站在父亲的身后规则地排着队，等候买票。他们不停地谈论着将要上演的节目，好像他们就要骑上大象在舞台上表演似的。

终于轮到他们了，售票员问：“先生，您要几张票？”

父亲神气地回答：“请给我8张小孩的，1张大人的。”

售票员说：“给您票，请收好。一共是20英镑。”

父亲的心颤了一下，转过头把脸垂了下来，咬了咬嘴唇，又问：“对不起，您刚才说的是多少钱？”

售票员又报了一次价。父亲眼里透着痛楚的目光。他实在不忍心告诉他身旁兴致勃勃的孩子们：我们的钱不够！

一位排在他们身后的男士目睹了这一切。他悄悄地把手伸进口袋，把一张20英镑的钞票拿出来，让它掉到地上。然后，他拍拍那个父亲的肩膀说：“对不起，先生，您掉了钱。”

父亲回过头，明白了对方的用意。他眼眶一热，紧紧地握住男士的手：

"谢谢，先生。这对我和我的家庭意义非常重大。"

生活中小小的善行，不过是举手之劳，却能为他人解决莫大的困难，为社会增添一分爱的温暖，也给自己留下付出的快乐和内心的安宁，何乐而不为呢？善待社会，善待他人，并不是一件复杂的事，只要心中常怀善念，处处皆有爱的光辉闪现。有时候，一个发自真诚与爱的小小举动，就会铸就博爱的人生舞台。

为冷漠付费

1935 年，一件简简单单的偷窃案正在纽约最贫穷脏乱的区法庭上审理。当时，拉瓜地亚刚刚出任纽约市市长。他坐在法庭的角落里，亲眼目睹了这桩偷窃案的审理始末。被指控的嫌疑犯是一位白发苍苍的老妇人。她的脸呈灰绿色，乍一看就知道她的健康状况极其糟糕，患有严重的营养不良。

事情其实很简单，老妇人在偷窃面包时，被面包店老板当场抓住，并被送到了警察局，最终被指控犯了偷窃罪。法官威严地注视着这个瘦弱的老人，询问她是否清白或愿意认罪。老妇人嗫嚅着回答："是，我承认。我确实偷了面包，因为我家里还有几个饿着肚子的孙子，他们已经两天没有吃到任何东西了。如果我不给他们点东西吃，他们会饿死的。我需要那些面包。"

法官听完被告的申诉，平静地回答道："尽管如此，我必须秉公办事，维护法律的尊严。你可以选择 10 美元的罚款，或是 10 天的拘役。"

由于案情简单，被告供认不讳，庭审很快就结束了。就在法官宣布退庭前，一直坐在旁听席上的市长拉瓜地亚站了起来。他脱下了自己的帽子，放进去 10 美元，然后转身对着旁听席上的其他人说："现在，请在座的每一个人都交出 50 美分的罚金。我们每一个人都应该为自己的冷漠付费，因为我们生活在这样一个需要白发苍苍的老祖母去偷面包来喂养孙子的城市。"

旁听席上的气氛变得肃穆起来。所有的人都惊讶极了，但是每个人都默默地拿出 50 美分捐了出来。

这场 70 年前就已经结案的庭审，至今仍然感动人心。

最后四根棒冰

三十多年前的一个夏天，上海西区的一条马路上，一个小男孩拎着一只大口颈的冷饮瓶，一遍又一遍地叫喊着："棒冰要吗？棒冰，光明牌赤豆棒冰……"

冷饮瓶里能装两打棒冰，全部卖掉的话，可以赚两毛四分。

但那时候，吃一根棒冰几乎是一种奢侈的享受，何况那一天下午，天突然变脸，下了一场雨后，街头巷尾竟然凉飕飕的。小男孩的瓶里还有4根棒冰，如果卖不掉的话，隔上一天就会化掉，一天吆喝的结果只够保本。

小男孩穿着短裤、背心，露出瘦骨伶仃的肩胛。他的嗓子因为累因为着了凉而掺进了沙哑："棒冰要吗？赤豆棒冰……"

天色又是一阵阴暗，风又紧起来，几片树叶落下，在半空中翻卷着，掉到街沿。小男孩望着行色匆匆的行人，绝望得几乎哭出声来。

马路的一头，相继出现了3辆榻车，那是一种没有挡板的两个轱辘的人力板车。车上堆着装得很高的货，遮着大雨篷。车夫们双手把着长长的木把手，肩上套着纤绳，弓着腰，一步一蹬地朝小男孩这儿移来。

第一辆榻车在小男孩面前停住。车夫直起身，好像要歇歇脚，等后面两辆赶上来。车夫是个小老头，花白的头发又短又硬，粗犷黝黑的脸庞上刻着皱纹，下巴一片胡碴。他的一件打着补丁的短衫软不拉儿的，不知是淋过雨，还是被汗水浸湿的。

他掏出一支"勇士"香烟，点上，深深地吸了一口，粗大的喉结滚动了一下，随后从黑黑的鼻孔里喷出两缕很淡的烟雾。

"老大爷，买根棒冰吧！"小男孩鼓起勇气，上前一步。

车夫不在意似的摇摇头。

"老大爷，我妈病了。本来是我妈上街卖棒冰的，今天我头一次顶替她，没想到……"小男孩怯怯地带着几分哭腔，"这些棒冰卖不掉的话，就……"

车夫的目光落在小男孩的身上，满脸的皱纹聚拢起来，如沙丘上的波痕，粗犷中不失柔和。他深深地吸了口烟，闪红的烟头"嘶"地逼近嘴唇，随后扫了眼赶到跟前的另外两辆车，对小男孩说："你还有几根棒冰？"

"4根。"

"好吧，我全买下了。"车夫想了下，从腰包里掏出钱。小男孩惊喜万分。他接过钱，随后把瓶放到地上，捧出4根棒冰。

"不，3根就够了。还有一根，就算我请你的。我知道你也是舍不得尝尝棒冰的滋味的。"

车夫说着，不容争辩地把一根棒冰留在瓶里。他抽出那只粗糙的大手，在小男孩头上摸了一下，小男孩便觉得有一股暖流从头顶传到心里，鼻腔不觉一酸，眼眶里顿时如雨雾里涨溢起春潮，盈满了泪水。

这一天，小男孩带着最后一根棒冰回到家。母亲上午还在发烧，他想让母亲吃了棒冰退些热度。他跟母亲讲了刚才发生的事，母亲屏息听完，欠起身，双手搂着儿子瘦瘦的肩胛，说：“孩子，你长大以后，不管成了怎么样的大人物，也不能忘记今天的事。”

小男孩使劲点点头。

那个小男孩就是我。那年，我才8岁。

至今，三十多年过去了，但是，那个在雨后的凉意中出现在我面前的老车夫的印象不仅没有消退，反而随着岁月的推移而越显清晰，他使我懂得怎样做一个平凡而又善良的人。

卖面圈的小姐

上大学时，我在一家商店找到了兼职工作——卖油炸面圈和咖啡。这家商店地处十多辆公交巴士车站集中停靠的地带，迎合了在这里短暂候车的人们的消费需求。

我用外卖杯子冲好咖啡，耐心恭候顾客的光临。

每天下午大约4点钟，一群学生会冲进商店，店堂里立刻充满孩子们的尖叫吵闹声，每当这个时候，逛商店的成年人都会纷纷退出去。孩子们每天放学后都会拥进店里待上一段时间，直到他们所要搭乘的巴士陆续到来才会离去。我不介意孩子们来店中逗留等车，我不会只为钱工作。

日子久了，我和他们成了朋友。年龄稍大的女孩会和我聊起自己的男朋友；年龄小的女孩会和我讲讲学校里的事，并给我看看她们美术课的习作；男孩子们选择沉默，他们不想与我分享自己的小秘密。

我经常借钱给那些忘记了带月票的孩子，而他们总能在第二天把钱还给我。每逢下雪天，我会和孩子们一起在店中焦急地等候晚点的巴士，他们会给父母打去平安电话。到了店铺要停业关门的时候，我会锁上店门，然后陪伴这群孩子在暖烘烘的店堂里等车，一直等到他们所要乘坐的巴士缓缓地驶进车站，带走每一个孩子。我会送给晚归的孩子们许多的油炸面圈，这样他们就不会挨饿。我喜欢我的这些小伙伴们。

可有一天，我得知，我最重要的工作竟与油炸面圈无关！一个星期六的下午，一位男士踏进商店，这位男士问我是不是那个每天下午4点钟在这里工作的女孩子。他是在店里等车的我最喜欢的两个孩子的父亲。

“小姐，我想让您知道我十分感谢您为我的孩子们所做的一切。我曾经担心他俩无法搭乘同一辆车回家，其实他们一直在您这里汇合等车，您在关照着他们。”

我说：“这没有什么，我喜欢孩子。”

“不，您不明白，当他们说和卖面圈的小姐在一起时，我就知道他们是安全的！您真的很了不起，我们家长非常感激您！”

哦，我变成了“卖面圈的小姐”了！以前我从未得到过任何称谓，而从那一刻起，“卖面圈的小姐”竟然成了我的头衔。这时我才意识到，原来在许多素不相识的人的生活中我一直扮演着一个重要角色。

有一次，路上发生了交通意外，我接到了一位焦急的母亲的电话，“喂，我正在寻找我的双胞胎儿子，他们看上去，是的，很像，他们曾经向我提起喜欢待在您的店里。”

“是的，他们正在这里呢，他们要去和他们的妹妹会合，夫人，我能替您捎句话吗？”

今天，我的孩子们在外面世界遭遇困境时，也会有人给予他们无私的援助，许多好心人我从未谋面，有些人也只是偶尔听孩子说起，也许还有更多的好心人我从没有听说过。

当孩子离开父母的庇护，融入复杂的社会，在人生旅途中，他们时刻会与成年人产生联系，发展关系，在孩子们与成年人短暂的交往中，那些成年人，就会变成——“卖面圈的小姐”。

有一次，我的女儿乘车回家，到达终点站时，天色已晚，直到我亲自接到了女儿，巴士司机才掉转车身开走。

“她总是这样，妈妈，她说这个车站到了晚上很偏僻，如果她把我一个人留在这里，她会很不放心。她说您正在赶来的途中呢。”

还有一次，一位好心的警察因为同情一个在暴风雨天徒步回家的男孩子，开车将他送到了家门口。那个男孩是我儿子，当时我还在公司上班。

第二天，家中的电话铃响起，好奇的邻居问我：“昨晚，停在您家门口的是一辆警车吗？”

“不，那不是警车，是‘卖面圈的小姐’。”

爱让我们学会感恩
AI RANG WO MEN XUE HUI GAN EN

天使的帽子

当我还是小孩子时，曾对3件事情笃信不疑：我的家人都爱我；太阳每天早上都会升起；我的嗓音很美妙。对最后一点我尤其有把握。因为每当全家一起唱歌时，我都会扯着嗓门大喊，从来没有人阻止过我。所以当我的二年级老师凯瑟琳嬷嬷宣布她要在圣诞节当天举行一场演唱会时，我别提有多高兴了。

凯瑟琳嬷嬷对全班同学说："歌唱是我们向上帝表达爱意的最重要的方式之一。"她说要根据我们的演唱天赋来编排节目，全班26个人都迫不及待地举起了手。"想独唱的同学请站在钢琴右侧，想参加合唱的同学请站在钢琴左侧。"

在嬷嬷还没走到钢琴之前，我就第一个站到了钢琴右侧。她给了我几支曲子，我从中挑选了我们家最喜欢唱的《当爱尔兰眼睛微笑时》。嬷嬷开始弹琴，我则以一个7岁女孩儿所能展示的最丰富的感情开始演唱。可没唱几句就被嬷嬷打断了："谢谢你，下一位。"

当我回到座位上时，看到有些同学在窃笑。难道我做错什么事了吗？

独唱的名额很快就招满了。嬷嬷听了每位同学的试唱，然后将声音接近的人编排在同一个声部，最后只剩下我孤零零的一个人。

当其他同学开始熟悉歌谱时，嬷嬷把我叫到她的桌前，温和地看着我。"杰奎琳，你听说过'音盲'这个词吗？"

我摇了摇头。"就是说你发出来的声音与你自己想象的不一样，"她拉着我的手说。"这没什么值得害羞的，亲爱的，你仍然可以参加演唱会。你做出发音的口型就可以了，但不要发声。你明白我的意思吗？”

“我明白。”我是如此羞愧，以至于放学后我没有回家，而是直接坐公共汽车来到了多莉姑姑家。在我眼里，没有什么事情能够难得倒她。在那个大多数女性都要嫁人的年代里，她勇敢地选择独身生活。她还参加过狩猎远征队，和艾森豪威尔总统握过手，吻过克拉克·盖博（好莱坞著名男影星）的脸，并打算环游整个世界。她能理解我的世界是如何被这个可怕的发现搞得翻了天。

多莉姑姑给我端来饼干和牛奶。“我该怎么办？”我抽泣着说。“如果我不能唱歌，上帝会以为我不爱他的。”

多莉姑姑的手指在桌上敲着，眉头皱在一起。最后她眼睛一亮。“有办法了！我将帽子戴上！”

帽子？它能帮我解决“音盲”这个大问题吗？她那棕色的眼睛盯着我，声音忽然降了下来。“杰奎琳，我得透露一点儿天使的秘密，但首先你得发誓不会告诉任何人。”“我发誓。”我低声说。

多莉姑姑抓着我的手说：“当我在罗马圣彼得教堂祈祷时，曾听到旁边座位上一个人讲话。他也是个音盲，也担心上帝听不到他的歌声。那里的牧师悄悄告诉他，一小块铝箔就可以解决这个问题。”

“我不明白。”

“你在嘴里默默地念出歌词，它们会通过铝箔反射，天使就能捕捉到这些声音，把它们放到特制的袋子里，然后送给上帝。这样上帝就能听到你和同学们一起唱赞美诗的美妙声音了。”

虽然听起来有些玄妙，但我相信万能的天使还是能够做到这一点的。况且多莉姑姑表情严肃，她是不会欺骗我的。

“那我把铝箔藏在哪儿呢？”

“藏在我的帽子里，”多莉姑姑说。“我会坐在演唱会的前排。不要对凯瑟琳嬷嬷和你的父母泄漏一个字。”

圣诞节那天，全家都去观看我的表演。我紧紧盯着多莉姑姑的帽子，根本不去考虑在场的人能否听到我的声音，我沉默的歌声是唱给上帝一个人听的。演出非常成功，多莉姑姑夸我的表演具有“奥斯卡水准”。

4 年前多莉姑姑去世了，享年 90 岁。葬礼结束后，我们晚辈聚在一起，追忆这位令人尊敬的姑妈。我们吃惊地发现，她的“天使的帽子”曾帮过我们许多人。一个口吃的外甥盯着她的帽子，完成了自己首次登台演讲；一个胆小的侄女勇敢地参加学校戏剧演出，并在拼写比赛和天才竞赛中获奖，就因为多莉姑姑戴着帽子坐在前排。她让我们相信天使就在我们身边，帮我们完成了许多自以为不可能完成的任务。

即使到了现在，当我在生活中遇到挫折时，还会想起多莉姑姑和她的“天使帽子”。我童年时的信仰仍然没有改变：我的家人都爱我；太阳每天早上都会升起；在那个难忘的圣诞节表演中，我拥有最美妙的声音。

红心换拥抱

李夏普洛是个已经退休的法官，他天性极富爱心。终其一生，他总是以爱为前提，因为他明白爱是最伟大的力量。因此他总是拥抱别人。他的大学同学给他取了“抱抱法官”的绰号。甚至车子的保险杠都写着：“别烦我！拥抱我！”

大约6年前，他发明了所谓的“拥抱装备”。外面写着：“一颗心换一个拥抱。”里面则包含30个背后可贴的刺绣小红心。他常带着“拥抱装备”到人群中，一个红心换一个拥抱。

李夏普洛因此而声名大噪，于是有许多人邀请他到相关的会议或大会演讲。他总是和人分享“无条件的爱”这种概念。一次，在洛杉矶的会议中，地方小报向他挑战：“拥抱参加会议的人，当然很容易，因为他们是自己选择参加的，但这在真实生活中是行不通的。”

他们要求李夏普洛在洛杉矶街头拥抱路人。大批的电视工作人员尾随李到街头进行采访。首先李向经过的妇女打招呼：“嗨！我是李夏普洛，大家叫我‘抱抱法官’。我是否可以用这些爱心和你换一个拥抱？”妇女欣然同意，地方新闻的评论员则觉得这太简单了。李看看四周，他看到一个交通女警，正在开罚单给一台宝马的车主。李从容不迫地走上前去，所有的摄影机紧紧跟在后面。接着他说：“你看起来像需要一个拥抱，我是‘抱抱法官’，可以免费奉送一个拥抱。”那女警接受了。

那位电视时事评论员出了最后的难题：“看，那边来了一辆公共汽车。众所皆知，洛杉矶的公共汽车司机最难缠，爱发牢骚，脾气又坏。让我们看看你能从司机身上得到拥抱吗？”李接受了这项挑战。

当公车停靠到路旁时，他跟车上的司机攀谈：“嗨！我是李夏普洛法官，人家叫我‘抱抱法官’。开车是一项压力很大的工作哦！我今天想拥抱一些人，好让人能卸下重担，再继续工作。你需不需要一个拥抱呢？”那位身高六英尺二、体重230磅的公车司机离开座位，走下车子，高兴地说：“好啊！”

李拥抱他，还给了他一颗红心，看着车子离开还直说再见。采访的工作人员，个个无言以对。最后，那位评论员不得不承认，他服输了。

一天，李夏普洛的朋友南西·詹斯顿来拜访他。她是个职业小丑，身着小丑服装，画上小丑的脸谱。

她来邀请李带着“拥抱装备”，一起去残疾人之家，探望那里的朋友。他们到达之后，便开始分发气球、帽子、红心，并且拥抱那里的病人。李夏普洛心里觉得很难过，因为他从没拥抱过临终的病人、严重智障或四肢麻痹的人。刚开始很勉强，但过了一会儿，南西和李夏普洛受医师和护士的鼓励之后，便觉得容易得多了。

数小时之后，他们终于来到了最后一个病房。在那里，李看到他这辈子所见过情况最糟的34个病人，顿时他的情绪变得十分复杂。他们的任务是要将爱心分出去，点亮病人心中的灯火，于是李夏普洛和南西便开始分送欢乐。此时整个房间挤满着被鼓舞的医护人员。他们的领口全贴着小红心，头上还戴着可爱的气球帽。

李夏普洛来到最后一个病人李奥·纳德面前。李奥穿着一件白色围兜，神情呆滞地流着口水。李夏普洛看他流着口水时，对南西说：“我们跳过去别管他吧！”南西回答：“可是他也是我们的一分子啊！”接着她将滑稽的气球帽放在李奥头上。李则是贴了一张小红心在围兜上。他深呼吸一下，弯下腰抱一下李奥。

突然间，李奥开始嘻嘻大笑，其他的病人也开始把房间弄得叮当作响。李回过头想问医护人员这是怎么一回事时，只见所有的医师、护士都喜极而泣。李只好问护士长发生什么事了。

李夏普洛永远不会忘记她的回答：“23年来，我们头一次看到李奥笑了。”

拥抱的力量

在足球王国巴西，不踢足球的男孩子，绝对不会招人喜欢。在那里，富人的孩子有自己的足球场地，穷人的孩子也有穷人的踢足球方式。球王贝利就出生在一个贫寒的家庭里，他的父亲是一个因伤退役、穷困潦倒的足球队员。

贝利从小就显现出非凡的足球天赋，他常常踢着父亲为他特制的“足球”——用一只大袜子塞满破布和旧报纸，然后尽量捏成球形，外面再用绳子捆紧。贝利经常光着黑瘦的脊梁，在家门前那条坑坑洼洼的小街，赤着脚练球，尽管他经常摔得皮开肉绽，但他仍然不停地向着想象中的球门冲刺。

渐渐地，贝利有了点名气，许多认识或不认识的人常常跟他打招呼，还给他敬烟，像所有未成年人一样，贝利喜欢吸烟是冲着那种“长大了”的感觉。

终于有一天，当贝利在街上向人要烟时被父亲看见了。父亲的脸色很难看，贝利低下头，不敢看父亲的眼睛。因为，他看到父亲的眼睛里有一种忧伤，有一种绝望，还有一种恨铁不成钢的怒火。

父亲说：“我看见你抽烟了。”

贝利不敢回答父亲，一言不发。

父亲又说：“是我看错了吗？”

贝利盯着父亲的脚尖，小声说：“不，你没有。”

父亲问：“你抽烟多久了？”

贝利小声为自己辩解：“我只吸过几次，几天前才……”

父亲打断了他的话，说：“告诉我，味道好吗？我没抽过烟，不知道到底是什么味道。”

贝利说：“我也不知道，其实并不太好。”贝利说话的时候，突然绷紧了浑身的肌肉，手不由自主地往脸上捂去，因为，他看到站在他跟前的父亲猛地抬起了手。但是那并不是贝利预料中的耳光，而是父亲把他搂在了怀中。

父亲说：“你踢球有天分，也许会成为一名高手，但如果你抽烟、喝酒，那就到此为止了，因为，你将不能在90分钟内一直保持一个较高的水准，这事由你自己决定吧。”

父亲说着，打开他瘪瘪的钱包，里面只有几张皱巴巴的纸币。父亲说：“你如果真想抽烟，还是自己买的好，总跟人家要，太丢人了，你买烟要多少钱？”

贝利感到又羞又愧，眼睛里涩涩的，可他抬起头来，看到父亲的脸上已是泪水纵横……

后来，贝利再也没有抽过烟。他凭着自己的勤学苦练，终于成了一代球王。多年以后，贝利仍不能忘怀当年父亲那温暖的一个拥抱，它比多少个耳光都更有力量。

最想要的答案

一所重点中学百年校庆时，恰逢德高望重的老教师雒老八十寿辰。雒老师极富传奇色彩，他所教过的学生，许多已经成为蜚声海外的教授、学者。是什么原因使雒老师桃李满天下呢？学校决定在百年校庆之际，把这个谜底揭开。

于是，学校给雒老师教过的学生发出一份问卷，其中最重要的一条是，雒老师的哪些方面最让他们满意。反馈回来的答案五花八门，有人认为是他渊博的学识；有人认为是他风趣的谈吐；有人认为是他循循善诱的教学方式；有人认为是他兢兢业业的工作作风；有的学生说喜欢他营造的课堂氛围；有的学生干脆说，雒老师的翩翩风度是他们最满意的。

然而，学校对这些答案并不满意。因为这些也可能是其他老师所具有的，并没有代表性。学校又在众多的学生中，选出100位最有成就的人。为了得出较为一致的答案，这次的问题很简单：你认为，雒老师的哪一方面对你的人生影响最大。

答案很快反馈了回来。出乎意料的是，这次的答案居然惊人得一致。几乎所有的学生都认为，雒老师给他们人生影响最大的，就是他的眼神。

这下轮到组织者为难了，眼神这个答案非但没能起到揭秘的效果，反而使事情更加扑朔迷离了。百年校庆的日子很快到来了。校长讲完话后，便是各界名流的致辞。一位知名的教授上台，先向端坐在中央的雒老师深深地鞠了一躬，然后说："今天我有幸站在这里，与大家共聚一堂，首先得感谢雒老师。我刚上这所中学的时候，成绩非常差，说实话，那时我已经丧失了信心和勇气。正是雒老师把我从困难中拯救了出来。要问雒老师对我影响最大的是什么，我的回答就是，他那会说话的眼神。是的，那时候同学看不起我，父母对我也失去了信心。然而，雒老师的眼神中流动着鼓励和肯定，像一股股暖流，温暖着我自卑和沮丧的心。我就是从他的眼神中得到了前进的信心和力量，一步一步走到现在的……"

另一位学者致辞的时候，笑笑说："上中学的时候，我最讨厌老师的偏袒，比如偏袒成绩好的，偏袒女生。因为讨厌老师，导致我很厌学。雒老师公正无私的心底，像一方晴朗的天空，清澈、洁净、透明，从他眼神中流露出来的是种公正的力量，使我的心也变得晴朗起来……"

后来上台的学生中，大凡雒老师教过的，无一例外地谈到了雒老师的眼神。有的认为雒老师的眼神在严肃中传递着爱意；有人认为雒老师的眼神在安静中透着温和；有的同学认为雒老师的眼神中蕴满父亲般的慈祥；有的同学认为雒老师的眼神就是一条汩汩流淌的河流，在不断地荡涤人的心灵……

事实上，大会开到这里已经非常成功了。没想到的是，就在最后，有一位五十多岁的教师在事先没被邀请的情况下，上了大会的主席台。他说：“我也是雒老师的一名学生，而且在一所中学也教了二十多年的书。我一直有一个心愿，就是想让自己也像雒老师一样，把最美的眼神传递给学生。开始的时候，我总不能做好，后来我渐渐发现，能够传递这样美的眼神的人，需要的并不多，最重要的是你必须有一个浸满着人间大爱的灵魂。这样的一个人，才会生长出最人性的枝蔓，才会漫溢出爱的芳香。”

他讲完之后，台下顿时响起了潮水般的掌声。在对人的影响上，爱的浇灌和人性的感召，永远胜于其他形式。那一天，学校得到了他们最想要的答案。

爱里没有力学

他是一个研究力学的专家，在学术界成绩斐然，他曾经再三提醒自己的学生们：“在力学里，物体是没有大小之分的，主要看它飞行的距离和速度。一个玻璃跳棋弹子，如果从十万米的高空中自由落体掉下来，也足以把一块一米厚的钢板砸穿一个小孔。如果是一只乌鸦和一架正高速飞行的飞机相撞，那么乌鸦的肉体一定会把钢铁制造的飞机一瞬间撞出一个孔来。”

他说：“这种事在前苏联已经屡次发生过，所以我提醒大家注意，千万别抱幻想把高空里掉落的东西稳稳接住，即使是一粒微不足道的石子！”

那一天，他正在实验室里做力学实验。忽然门被“砰”的一声推开了，他的妻子惊恐万分地告诉他，他们那先天有些痴呆的女儿爬上了一座四层楼的楼顶，正站在楼顶边缘要练习飞翔。

他的心一下子就悬到嗓子眼，他一把推开椅子，连鞋都没有来得及穿就赤着脚跑出去了。他赶到那座楼下的时候，他的许多学生都已经惊慌失措地站在那里了。他的女儿穿着一条天蓝色的小裙子，正站在高高的楼顶边上，两只小胳膊一伸一伸的，模仿着小鸟飞行的动作想要飞起来。看见爸爸、妈妈跑来了，小女儿欢快地叫了一声就从楼顶上起跳了，很多人吓得“啊”的一声连忙捂住了自己的眼睛，他的很多学生紧紧地抱住他的胳膊。看到女儿像中弹的小鸟般正垂直下落，平时手无缚鸡之力的他突然推开紧拉他的学生们，一个箭步朝那团坠落的蓝色云朵迎了上去。

“危险……”

“啊……”

随着一声惊叫，那团蓝云已重重地砸在他伸出的胳膊上，他感到自己像被一个巨锤突然狠狠砸下，腿像树枝一样“咔嚓”一声折断了，眼前一黑就什么也不知道了。

他醒来的时候，已经躺在医院的抢救室里两天了。他的脑子还算好，很快就清醒了，可是下肢打着石膏，缠着绷带，阵阵钻心的疼痛让他忍不住倒抽凉气。他那些焦急万分的学生们对他说：“你总算醒过来了。你站在高楼下面接孩子真是太危险了，万一……”

他笑笑，看看床边自己那安然无恙的小女儿和泪水涟涟的妻子说：“我知道危险，搞了半辈子力学，我怎么能不懂这个呢？只是在爱里边，只有爱，没有力学。”

爱没有力学。一只雌鸟虽然害怕一粒小小的子弹对自己翅膀的射击，但当一只比子弹大得多也重得多的雏鸟从巢口坠落时，它会闪电一般毫不迟疑地迎上去；一头母牛带着牛犊遭遇野狼袭击时，它会用自己的肉体和鲜血去护卫自己那幼小的牛犊……

在爱里，除了一种比钻石更硬的爱的合力之外，再没有其他力学，爱是灵魂里唯的一种力。

特殊的班规

在加利福尼亚某中学，有一个班的学生顽劣异常。刚从大学毕业的露茜主动请缨，担任这个班的班主任。站在这个班的学生面前，她说：“淘气包们，从今天起我就是你们的班主任了。我知道你们每个人都很优秀，仅靠我一个人的力量是办不到的，我必须依靠你们的帮助。”

坐在后面一排的一个又高又壮的男孩，同学们都叫他“大个子汤姆”。他听露茜老师说到这里，就低声对他的同桌说：“嘻嘻，我不需要别人的帮助，就能把小个子汤米揍扁，我已经很优秀了！”

露茜老师笑了笑，说：“不过，我将允许你们自己制定班规，并将你的创意写在黑板上。”学生们很兴奋，不一会儿，就在黑板上列出了10条班规。然后，露茜老师又就“若违反这些班规该如何处置”向学生们征询意见。

大个子汤姆站起来说：“如果谁违反了班规，他就应该脱掉衣服，让您在他的后背上打上10木板！”早已习惯了恶作剧的学生自然是一呼百应。

接下来的两三天，一切都很平静，没人惹是生非。但是第四天中午，大个子汤姆的午餐竟然被人偷吃了。露茜老师立刻展开调查。很快事情便水落石出：是小个子汤米偷吃了大个子汤姆的午餐。因为有人看见他拿着那只饭盒。

小个子汤米承认了他的“罪行”。露茜老师问他：“你知道你会受到什么样的惩罚吗？”小个子汤米眼含泪花，点了点头。“你必须脱掉你的外套！”大个子汤姆气势汹汹地命令道。小个子汤米这天穿的是一件厚厚的外衣，但他向露茜老师乞求说：“我有错，我愿意接受惩罚，但是，请不要让我脱掉外套。”没等露茜老师开口，同学们便嚷嚷道这是班规中规定的，并且异口同声地命令他脱掉外套，像一个男子汉一样接受惩罚。没办法，小家伙开始动手解他身上穿的那件旧外套的扣子。当他脱下外套的时候，露茜老师看见他没有穿衬衫。更糟糕的是，她看见在那件外套的里面隐藏着的竟然是一个极其虚弱和干瘦的身体。

露茜老师问小个子汤米为什么不穿衬衫。他回答：“我爸爸死了，我们家非常穷。我只有一件衬衫，可妈妈今天把它洗了。为了御寒，我只好穿我哥哥的外套。”露茜老师站在讲台上，看着这个脊骨和肋骨从皮肤底下凸出来的后背，她实在不忍心将那根硬硬的木板打下去。但是，她知道她必须执行对他的惩罚，否则，孩子们今后将不会再去遵守那些班规。因此，她狠了狠心，扬起了手中的木板。

就在这时，大个子汤姆从座位上站了起来，他问老师：“班规里有没有说别人不能替犯错者挨打？”露茜老师想了想说：“没有。”大个子汤姆说：“那好，我愿意替汤米接受惩罚。”说着，他脱掉外衣，冲老师弯下腰来。

“你有没有搞错，他吃了你的午餐啊！”同学们七嘴八舌地说。

“嗯，我知道，可他实在太弱小……”大个子汤姆轻声说。

露茜老师心里百味杂陈，但她还是将木板打在了那个结实的后背上。一下，一下，教室里寂静得只能听到木板发出的“啪、啪”声。尽管露茜老师竭力控制着自己打下去的力气，但打到第五下的时候，那根旧木板突然从中间断成了两截。

露茜老师再也忍不住了，把脸埋进她的手掌心里，开始哭泣。哭着哭着，她听到一阵骚乱，就抬起头去看，发现她的所有学生几乎都在用手抹眼泪，而且她的面前竟然多了几个脱掉上衣的后背。这时候，小个子汤米已经从讲台上转过身来了，他伸手搂住大个子汤姆的脖子，正在为偷他的午餐向他道歉，恳求大个子汤姆原谅他。他告诉大个子汤姆，他会永远爱他，爱班级里的每一个人……

“你们都是好样的！”露茜老师被眼前的一幕感动了：“我们的每一个同学都是优秀的。因为我从你们的眼睛里捕捉到了爱的光芒，发现你们每个人的心底都埋藏着一块用关爱与善良铸造的金子!”

全班同学都含着热泪鼓起掌来，露茜老师欣慰地笑了。

一瓶健力宝

广东一位来自山区的男青年要去北方上自己梦寐以求的大学。车厢里异常闷热，男青年口渴难耐。当乘务员推着售货车来到身边时，他望着高中时只有有钱的同学才喝得起的健力宝犹豫再三，终于从衣兜摸出一张皱巴巴的5元钱递了过去。

健力宝拿在手中了，可如何开启？他尝试了好几次，都没有成功。正当一筹莫展之际，坐在对面的中年妇女对儿子说：“童童，快把健力宝给妈妈!”

小男孩说：“妈妈，你刚喝过水，怎么又渴了?”

“快！听话!”小男孩把健力宝递给了妈妈。中年妇女眼睛盯着拉环，余光扫了一眼男青年，只听“嘭”的一声，健力宝放在了茶几上，显然她并不渴。

男青年在心里默默地感激着：生活在这个世界上，有人关心着，有人爱着，毕竟是美好的，即使这种关爱来自陌生人。

后来，男青年成了一名教师。他班上有一个可爱的小女孩，因为身患肿瘤而进行化疗，美丽的头发全掉光了，每天要顶着光秃秃的脑袋去上学。这对小女孩来说，无疑是太残酷了。

于是他热情而郑重地在班上宣布：“从下周一开始，我们要学习认识各种各样的帽子，并带到学校来，越新奇越好!”

周一到了。小女孩正为自己戴了一顶帽子而忧郁时，却发现老师和同学们都戴着帽子。和他们五花八门的帽子比起来，自己的显得那样普普通通，几乎没有引起任何人的注意。她轻松地笑了，笑得那样甜，那样美。

爱是可以传承的。男青年把当年乘车时获得的小小的关爱，传承到了社会的角角落落，给整个世界带来了无限的温馨。

永远温暖的春天

汉斯先生是个大老板，虽然他为人刻薄冷酷，蛮横无情，可很多人为了工作，也不得不巴结他、讨好他、忍受他。有一年春天，汉斯先生和秘书去斯图加特谈生意。这个城市依山而建，四通八达的高速公路连接着一个个小镇。

这些乡镇的人们在村镇的僻静处为鸟儿建起一个个小鸟驿站——下面有一根结实的原木，顶上是个类似鸽子屋的小木头房子，向阳那面开着一个小圆洞。冬天来临，人们在木头房子里铺上厚厚的干草，放一些食品和水，好让那些飞去南方的小鸟有个歇脚的地方，或者干脆让那些来不及迁徙的鸟儿舒舒服服住上一冬。

不过，汉斯先生并没有在意那些小鸟驿站，倒是恬静的乡野风情让他心生向往，于是对秘书说："我要在这里买块地，建一座豪华的乡间别墅。"

汉斯先生的秘书很快便为他买下了一块地皮。附近山坡上有一幢年久的老教堂，已被改成了小学，小镇的孩子大都在这里念书。现在汉斯买下这里，要建气派的别墅。至于孩子们今后要搬去哪里上学，他才不关心呢！

拆掉学校的前几天，有个自称是小学校长的女人找到汉斯先生，对他说："请您一定保留那两个小鸟驿站，那是孩子们特意给小鸟准备的。"汉斯先生依稀记得那两个怪模怪样的东西，他对小鸟驿站一点兴趣都没有，不过这个相貌平平的女校长，眉眼里倒是有种坚持不懈的神情。于是转念暗暗思忖：如果不权且答应，她肯定还会纠缠不休。于是，他便敷衍着答应保留那两个小鸟驿站。

几个月后，汉斯先生的乡村别墅竣工了，别墅周围还修了一圈木栅栏，挂着醒目的牌标，上面写着"私人领地，严禁进入"。

冬天来临时，汉斯先生来到了他的乡间别墅，享受乡村生活的静谧惬意。一场大雪后的清晨，他发现雪地上有几行小脚印，从栅栏外延至别墅门口的小鸟驿站旁。汉斯先生好奇地朝小鸟驿站的圆洞门里看了看，只见里面新铺了干草，一摸感觉软软的。

又过去一夜，雪地上还是有直奔小鸟驿站方向的脚印。不过这次是在里面放了一碟磨碎的燕麦和玉米粉，大概那个放鸟食的孩子没注意，不小心在外面的地上也撒了这些杂碎。汉斯先生一瞧气坏了：这帮没教养的小坏蛋打算干嘛？他们以为这是随便出入的菜园吗？昨天是干草，今天是燕麦玉米粉，明天就会是鸟毛鸟粪，这还是我的豪华别墅吗？

翌日清晨，汉斯先生找了把斧子，径直朝外面的小鸟驿站奔去，还有什么比彻底清除更一了百了的好办法呢？

临近小鸟驿站时，汉斯先生忽然听见里面有微弱的鸟声；再慢慢往里瞧，里面不知什么时候住进了两只小鸟，它们大概饿了，正兴致勃勃地啄抢着食物。看着探头探脑的汉斯先生，它们并不惊慌害怕，因为这是它们熟悉的小鸟驿站，它们早已习惯了小镇人特别的呵护和关爱。

汉斯先生和两只小鸟很近很近地对视着，他心里滋生出一种不曾有过的奇妙的温存。这种感觉似乎很久以前有过，那时他还是个孩子，从母亲身上感到过的这种温存。

一转身，汉斯先生看到栅栏外面站着几个孩子，都张大眼睛惊恐地瞪着他手里的斧子。这倒提醒了汉斯先生，他记起自己要干什么了。可是现在面对这些孩子和两只小鸟，他下不了手。犹豫中，他很自在地掂了掂斧子，然后干咳了几下，解嘲似的冲孩子们说："呃……我、我正打算把栅栏砍了，我可不想看你们翻来翻去地摔断了胳膊。"

孩子的小脸冻得红红的，但他们绽开的笑容却如春天般灿烂。其中有个胆大的孩子问："先生，你是不是说我们可以每天来看小鸟？"汉斯先生没吭声。只是生硬地点了点头。他在心里想：真是怪了，为什么答应毛头孩子们每天来看小鸟？他们会比小鸟更烦人。他意识到自己其实是心软了，虽然说不清是因为小鸟还是孩子，但心软的感觉真好。

冬天过去，小鸟驿站又空了。汉斯先生也预备回城。刚来的时候他可算得上是孤家寡人，如今离开小镇的时候，小镇的大人、孩子，甚至猫、狗之类的，竟尾随了一大堆儿。仔细想想，他也没有做什么啊，不就是跟那些小鸟驿站照看鸟儿的孩子们有了点交情，难道就是因为这而改变了人们对他的看法？

返回城里的汉斯先生看上去似乎跟从前没有什么分别，他依旧神情严肃，喜欢大声说话。而他的下属们却逐渐发现，汉斯先生正学着去关心别人，倾听别人，了解别人。

假日的时候汉斯先生还是喜欢去乡间别墅，去和孩子们一起照管小鸟驿站。大家嘻嘻哈哈地忍受着他的"坏脾气"，但却打心眼里爱他。

下一个秋天来了，汉斯先生和孩子们又新建了一些小鸟驿站，趁着休息的当儿，他向大家宣布说："我知道，自从建了别墅，学校迁到河对岸后，给孩子们带来了很大的不便。我考虑再三，决定请人把别墅底层改成教室，你们以后不必过河上学了……"没等他说完，孩子们就兴奋地跳了起来，冲他叫着笑着，小手臂撒欢在空中挥舞，像小鸟的翅膀。

也许，小鸟驿站的确是一个很特别的地方，它能帮助的不仅仅是迷失在冬天的小鸟，还能帮助人们唤醒冷藏在心里的爱——在我们的世界里，有爱才会有永远温暖的春天。

让阳光拐个弯儿

几年前我生过一场大病，在一个乡间医院里住了三个多月。病房里一共4张病床，我和一个小男孩各自占据了靠窗的一张。另外的两张，则有一张属于那个姑娘。姑娘苍白着脸，长时间地闭着眼睛。只是闭着眼睛，她不可能睡着。姑娘的身体越来越差，刚来的时候，还能扶着墙壁走几步，到后来，就只能躺在病床上。有时候她会突然发出一声轻轻的叹息，让正在翻看旧杂志的我，深感不安。

她很少说话。我只知道她是外省人，父母离异后，随着母亲来到这个城市。想不到接下来的一个突然变故，让母亲永远地离开了她。这个城市里，她不再有一位亲人，也没有一位朋友。现在，她正用母亲留给她的不多的积蓄，在这个简陋的病房里延续着自己年轻且垂暮的生命。

是的，只是无奈地延续着生命。有一次我去医护办公室，偷听到护士们正在谈论她的病情。护士长说，治不好了。

靠窗那张病床上的小男孩，虽然也生着病，却是活泼好动。他常常缠着我给他讲故事，声音喊得很大。每当这时候，我总是偷偷瞅那位姑娘一眼。我发现她的眉头紧蹙。显然，她不喜欢病房里闹出的任何声音。

男孩的父母天天来看他，给他带好吃的，给他带图画书和变形金刚。男孩大方地把这些东西分给我们，并不识时务地给那位姑娘分上一份。有时姑娘不理他，闭着眼睛假装睡着，男孩就把那些东西堆在她的床头，然后转过头，冲我们做一个鬼脸。

一次我去医院外面的商店买报纸，看见小男孩的爸爸正抱着头，蹲在路边哭泣。问他怎么了，他不说。一连问了好几遍，他才告诉我，小男孩患了绝症。大夫说，他将活不过这个冬天了。那时，已经是初秋了。

一个病房里摆着4张病床，躺着4个病人，却有两个人即将死去，并且，都是花一样的年龄。那时我心情的压抑，可想而知。

一切都是从那个下午开始改变的。那天，男孩又一次抱了一堆东西，送到姑娘的床头。那天姑娘的心情好一些，正收听着收音机里的一档音乐节目。她跟男孩说声谢谢，并对着他笑了笑。男孩于是得意忘形了，他赖在姑娘床前，不肯离开。

他说，姐姐，你笑起来很好看。

姑娘没说话，再次冲他笑笑。

男孩说，姐姐，等我长大了，你给我当媳妇吧！

病房里的人都笑了。包括那位姑娘。看出来是那种很开心的笑。姑娘说好啊！伸出手，摸了摸男孩的头。

可是你的脸，为什么那么苍白？男孩问她。

因为没有阳光啊！姑娘说。那时，她正和男孩拉勾。

男孩想了想，然后很认真地对姑娘说，我们把病床调换一下吧，这样，你就能晒到太阳了。

姑娘说那可不行，你也得晒太阳啊。

男孩再一次仔细地想了想，然后拍拍脑袋。有了！他再一次认真地说，我让阳光拐个弯吧！

所有人都认为男孩正开着他那个年龄所特有的不负责任的玩笑，包括我。我想，也包括那位姑娘。可是男孩却并不认为他在开玩笑。那天，他真的让阳光拐了个弯。

他找来一面镜子，放到窗台上，不断调换着角度，试图让阳光反射到姑娘的病床。可是他没有成功。当我们认为他要放弃的时候，他却又找出一面镜子。午后的阳光经过两面镜子的折射，真的照上了姑娘的脸。

我看到，姑娘的脸庞，在那一刻，如一朵花般绽放。

那天，整整一个下午，姑娘一直静静地享受着那缕阳光。虽然她闭着眼睛，却不断有泪从她的眼角淌出。她试图擦去，却总也擦不干净。

那以后，男孩起床的第一件事，就是仔细擦拭那两面镜子，然后调整它们的角度，将清晨的第一缕阳光洒上姑娘的病床；而那时候，姑娘早就在等待那缕阳光了。她浅笑着，有时将阳光捧在手里，有时把阳光涂上额头。她给男孩讲玫瑰树和蜗牛的故事，给他折小青蛙和千纸鹤。姑娘的脸，竟然不再苍白，逐渐有了阳光的颜色。

有时，男孩会跟她调皮。他故意把阳光反射到墙上，照在姑娘所抓不到的高度。这时姑娘就会撑起身体，努力把手向上伸，靠近那缕阳光。总是在姑娘想放弃的时候，男孩及时地把那缕阳光移下来，移到姑娘手上，或者身体上。那段时间，病床里总是响着他们两个人的笑声。

我还记得护士们惊愕的表情。每一天，护士们为两个人检查完身体，都会惊喜地告诉他们：又好一些了！显然，男孩与姑娘的身体都在康复。我知道这是奇迹。

我出院的时候，姑娘已经可以下地行走了。她和男孩一起来送我。那时他们牵着手。两个人的脸沐浴在金色的阳光里，那是两张快乐并健康的脸。

几年后见过那位姑娘。当然她没有给那个男孩当媳妇，不过她说，她每天都在感谢那个善意的玩笑。说这些时，她刚刚出嫁，浑身散发着新娘所独有的幸福芳香的气息。她说，是那个男孩和那缕阳光救活了她。那段时间，每天睡觉前，她都要想，明天一定早早醒来，好迎接男孩送给她的清晨的第一缕阳光。她说，她不想让天真并善良的男孩，在某一天，突然见不到她。她说，那段日子，一直有一缕阳光照到她的心里，给她温暖和希望。她说，她不敢死去。

我也见过那个男孩。男孩长大了，嘴上长出些褐色的细小绒毛，有了男子汉的模样。那天我坐在他家的客厅的沙发上，问他，那时知道自己已经被判了死刑吗？他说知道，只是那时还小，对死的概念有些模糊，却仍然怕，怕得很。好在有那位姐姐。那时，每天睡觉前，我都要想，明天一定早早起床，让清晨的阳光拐个弯，照到姐姐的脸上。因为，她要当我媳妇呢！说到这里男孩笑了，露出纯洁和羞涩的表情。

臂膀上的伤疤

有一个小女孩，她的父母都已经死了，留下她和她的祖母生活在一起。有一天晚上，她和祖母正在楼上的卧室里睡觉。突然，房子着火了，而且，火势凶猛，迅速蔓延，整个楼上都陷入了火海之中。

邻居们连忙拨打火警电话，叫消防队，然而得到的答复却是：由于本地目前还有另一场火灾，消防车都到那里去救火了，要晚些时候才能赶来这里。邻居们都失望了，只能无奈地站在楼下，眼睁睁地看着熊熊的大火无情地吞噬着祖孙二人。因为房子的所有通道都已经被大火堵住了，根本就冲不进去。

小女孩的祖母为了救她，终于耗尽了生命的最后一口气，绝望地死去了。孤苦无助的小女孩使出浑身力气，爬到楼上的窗口，拼命地哭喊着“救命”。

邻居们呆立在那里，无奈地唉声叹气，一动不动，一个个都束手无策。

忽然，人群的后面有一个人，扛着一架梯子飞快地向这边跑来。来到楼下，他麻利地把梯子搭在墙上，迅速地向窗口爬去，然后纵身跳进烈焰熊熊的屋里。当他再次出现在窗口的时候，他的怀里已经抱着小女孩了。他把小女孩交给下面接应的人后，就下了梯子，然后消失在漆黑的夜色中。

接下来，人们开始寻找这个小女孩的其他亲人。然而，经过几个星期的调查，人们发现这个小女孩已经没有任何亲人了。她成了孤儿。于是，人们决定在该镇的会议大厅召开会议，决定由谁把孩子带回家抚养。

一个老师说她愿意领养这个小女孩，她说她保证能让小女孩受到良好的教育。一个农夫说他也愿意领养这个小女孩，并说小女孩在农场生活，一定会过得很满足，而且会很健康。

紧接着，又有很多人争先恐后地表示愿意领养这个小女孩，并且还列举了许多这个小女孩跟他们在一起生活会得到的好处。

最后，镇上最有钱的人站了起来，瞟了一眼在座的所有人，然后不屑一顾地说："还是让我来领养她吧。我可以提供给她你们所说的所有条件。钱可以买到任何东西！"

人们无言以对，纷纷把目光聚集到小女孩的身上。然而，从会议的开始直到现在，小女孩始终都低低地垂着头，一言不发，保持着沉默。

"还有谁有话要说？"会议的主席大声问道。

就在这时，有个男人从会议大厅的最后头向前走来。其实，与其说是走，倒不如说是挪更为确切。因为他走得很慢，很慢，而且，每挪一步似乎都很难，很痛苦。终于，他挪到了主席台前，在小女孩的面前站直了身子，伸出了双臂。小女孩缓缓地抬起了低垂着的头，眼中闪烁出惊喜的泪光。

"他就是救我的人！"她欣喜地叫了起来，同时，纵身一跃，双手勾住了这个男人的脖子，紧紧地拥抱着他，就像那个失火的夜晚一样。她把她的脸深深地埋进他的怀抱里，忘情地啜泣起来。良久，她抬起头，凝视着抱着她的这个男人，微笑绽放在她泪水涟涟的脸上……

此时，整个会议大厅里鸦雀无声，人们都屏住呼吸，惊讶地看着眼前发生的一切。当然，他们也清楚地看见了这个男人的手上和臂膀上那遍布的可怕的伤疤。

爱的重量

爱没有重量，却又最重，在牵挂时压得人喘不过气来，在伤心时让人心疼……

在医院里，一个中年妇女背着她的丈夫爬楼梯，他们要去四楼。丈夫近200斤重，可她却上得毫不停顿，在二楼还遇见了一个送氧气瓶的工人。工人扛着一个中型氧气瓶也正在爬楼，累得气喘吁吁。

工人看见中年妇女背着一个很胖的男人上楼，心里很吃惊，于是紧赶了几步对她说："大嫂，你体力很好啊！你看我扛50千克的氧气瓶都累得不行，你背的大哥怎么也有80千克，你却走得比我还快！"

中年妇女说：“你扛的只是一个氧气瓶，而我背的却是我丈夫！”说完几步又把工人甩在了后面。

工人心想，亲情或爱情的力量果然大，看这个瘦弱的大嫂背着她的亲人却一点儿也感觉不出重，于是他感慨着把氧气瓶扛上了顶楼。当他下来的时候，在四楼的走廊里又看见了那个大嫂，此时她正蹲在走廊里，把头埋在膝上，满头的汗水。于是，他走过去，好奇地问：“大哥呢？”中年妇女抬起头说：“送进去抢救了！”他又问：“刚才你背他上楼都没有累得满脸淌汗，怎么现在站不起来了呢？”中年妇女说：“我是在为我的丈夫担心啊！”

工人忽然明白，真正的重量是压在大嫂的心上。她心中的那份牵挂担忧，比之任何压在背上的负荷都要重得多啊！

想想看，在生活中，我们每个人的心中都装满着对亲人的沉甸甸的爱啊！而亲人对自己的关爱更是沉积在内心的最深处，无时无刻不在给我们以温暖的重量。我们正是因为有了这些爱，才能在漫漫长远的人生坎坷路上，走得更稳，走得更远！

花儿开得更灿烂

在一个盛开郁金香的小村落里，花农玛丽大娘养了一辈子的花，晚年终于煞费苦心培育出一种郁金香新品，此花色泽之艳丽、花冠之硕大、花香之袭人，无不令人叹为观止，堪称郁金香中的绝品。新品郁金香一上市，便挤满了爱花的人们，人们争相购买，花价也就节节攀升。玛丽大娘乐开了怀。

听说玛丽大娘会种特别值钱的郁金香，许多人都登门拜访，有人鼓动大娘为新品花申请专利；有人出天价要购买新品花的全部种苗！玛丽大娘一一婉拒了。

在一个阳光明媚的春天，大娘把小村里的全部花农及她的众乡邻请到她美丽的花园里，慷慨地送给每户一小包粒数极少的新品郁金香花籽儿！她的大方之举使众乡邻一个个感动得热泪盈眶。

这一年，这种惊艳绝伦的新品郁金香开遍了整个村落，浓郁的花香传出很远很远。小村庄成了超级大花市，外边的人纷纷来到小村里进行鲜花交易，玛丽大娘也就带领全村的花农走上了富裕路。

她的事迹被当地电视台知道了，记者来采访玛丽大娘，问道：“如果您不外赠花籽儿，凭借新品花垄断花市，不是可以挣更多的钱吗？”大娘的回答也非常朴实，她说：“不是这样的。再好的花也要授粉，而蜜蜂、蝴蝶总喜欢到邻居的院子里采集花粉。如果邻家的花不优秀，那么时间一长，我的新品花就将慢慢被周围的花同化而遭到无情的淘汰……”

玛丽大娘送花籽儿，在给别人富裕的同时，也使自己的花儿开得更加灿烂。

万圣节的意义

在美国住了快10年，万圣节一直没有认真过过。万圣节又叫鬼节，过节时大家扮成各种怪样子，装神弄鬼，吓唬人玩。其中最重要的一个节目，就是孩子们天黑后上门来要糖，你不给，人家就可以捉弄你一番。我对此一向不适应。陌生人来敲门，不断地下去开，又烦人又没有安全感。

今年，我们搬到了波士顿，女儿也长到5岁，渐渐懂事了。万圣节前一周，她就惦记着买服装，晚上去要糖。去年的万圣节，这一节目是由妻子带着她和一群幼儿园的小朋友及其家长集体行动。如今新到一个地方，路都不认得，也找不到伴，为安全起见，只好由我带孩子出门。

夜色漆黑一团，到处都阴森森的，我们完全被一个陌生的、似乎是充满危险的世界所包围。我拉着女儿的小手，走在漆黑的路上，深一脚浅一脚。我在心里不断犯嘀咕：这么晚敲陌生人的门要东西，是否太打扰了呢？是不是自讨苦吃？

女儿倒是比我有信心。她穿着粉色衣裙，背上有一对翅膀，一副小天使的样子，自告奋勇地按第一家的门铃。那扇门一打开，屋里灿烂的灯火顿时撕开夜幕，仿佛是天堂对她打开了门。夫妇两人见了她就心花怒放：“哎呀，我的小天使、小宝贝，你真漂亮、真可爱！”他们一边招呼我们进屋，一边要把一小篮子巧克力倒在女儿手中的篮子里。我急忙拦住，说她实在要不了这么多。主人兴致未尽，不停地问孩子几岁了、上学没有、喜欢什么、住在哪里，这一下我心里不仅放松许多，而且开始分享女儿的喜悦。

再往前走，女儿变得越来越勇敢，见一栋房子就自己冲上去按门铃。那家只有女主人在。她见了孩子，高兴地说：“我自己的女儿已经上大学了。她像你这么大时，也这么漂亮。”我随口问一句：“她在哪里上大学？”

“哈佛。”我眼睛一亮，马上问：“她中学在哪里上的？”心里想的是自己的女儿以后去哪里读书。女主人看出我的心思，又知道我们初来乍到，马上找笔给我留电话，说她在这一带的学校做社会工作，关于当地学校的问题一定要来问她。还说等她女儿回来，要请我们来家里吃饭，好好聊聊。临走又翻自己的书架，找出 3 本 5 岁孩子的儿童读物要我们带走。

女儿的情绪自然越来越高涨，她觉得自己是全世界最得宠的人。很快，手中篮子里的糖太多、太重，已经拿不动了，只好提前回家。回到家洗漱完毕，倒头就睡了，不过睡前说了一句："今天我有这么多的快乐！"

看着她那张熟睡的小脸，我突然对自己住的社区和邻居们产生了由衷的热爱。同时，回想一下自己小时候成长的经历，也一下子领悟到万圣节的意义。

最令我感动的是这次打扰的最后一家。主人是个盲人，生活全靠一只导盲犬。我开始还觉得给她找了太多麻烦，女儿首次看到是个盲人，也有些害怕。可是，盲人热情地在桌子上给孩子摸糖，嘴里不停地说："你的声音像个天使。"

我赶紧说："我们每天上学都经过你的房子。"她听了越发高兴，一个劲儿地说："看来我们早就是朋友了。"我看着她准备的整整齐齐的一桌子糖，实在想不出这么一个生活不便的盲人，为招待素不相识的孩子要花多少时间，而在漆黑的夜里对陌生人敞开大门，又是多么大的信任！看来，一个生活颇为不幸的人，也本能地懂得自己对陌生人的责任。

穿在自己身上

4 年前，我在读大二，暑期社会实践时，我被分到市电视台的一个法制节目组，整日和警察、罪犯打交道，忙得不亦乐乎。

一次，我跟着记者老赵来到刑警队，采访一位据说屡建战功的张大队长。那天，我们还没来得及架好摄像机，队里就接到紧急命令，说有两个持枪歹徒劫持人质，需要刑警队火速支援。机会难得，老赵马上向台里请示，希望参加抓捕拍摄，很快得到了许可，前提是：绝对保证自身安全！

战前会的气氛非常凝重，张队长布置完任务，拿出了 7 件防弹衣，把其中的 3 件交给我、老赵和保护我们的一个刑警，面无表情地对那个刑警说："我们马上就要进入战斗状态，你要绝对保证两位记者的安全！"

我和老赵都明白，张队长对记者参加拍摄有抵触情绪。也难怪，子弹不长眼睛，如果我们出了问题，他可无法交代。但是接下来的事情，却让我对张队长的印象大打折扣。

此时还剩 4 件防弹衣，张队长抓起一件放在自己身边，又把余下的 3 件递给副队长，轻声说："给几个干部留着。"他的声音很轻，别的刑警听不见，但是我就在他近旁拍摄，这句话如此清晰刺耳。

任务完成得非常漂亮，不到两个小时就把歹徒全部擒获，人质安然无恙，只是张队长和一位指导员在近距离抓捕中挂了点彩，都无大碍。事后刑警队受到市局的嘉奖，我和老赵的拍摄也被评为全台的优秀节目，我还被学校表彰。

这些荣誉却不能让我高兴。人性是多么不堪一击，在生死考验面前，任何缺陷一览无余！这位受人尊敬的刑警队长，也不过如此！

新学期开学不久，正好赶上“全市十大杰出青年事迹报告会”来我校演讲。碰巧，张队长也是十大杰出青年之一。说实话，光听他的发言，的确让人感动，但是一想到那天他的所作所为，我的心就凉到极点。说什么不怕牺牲，爱护战友，都是口号，骗人的！我写了一张纸条递到台上。

我清楚地看到张队长打开纸条后，表情凝重。他沉声说：“有同学问，如果面对持枪歹徒，只有一件防弹衣，你会不会和战友抢着穿？”此时的会场一片肃静，大家一起等待。张队长有些停顿，肯定是说到他的痛处了吧。

“如果只有一件防弹衣，我一定要穿在自己身上。”张队长平静地说。台下一片哗然，同学们议论纷纷。“你倒很诚实，看你如何往下讲！”坐在台下，我居然有些幸灾乐祸。

“对于刑警来说，穿上防弹衣就意味着敢于牺牲，无论眼前发生什么，都要冲在最前面。在我们队里，永远有一件防弹衣是为我准备的。”张队长的话刚说完，台下已经掌声如潮，唯独我一个人呆呆地坐在那里，脑海里闪现出刑警队长抢留防弹衣的情形，还有那句话：“给几个干部留着……”

这件事已经过去几年，我也成为一名正式的新闻工作者，在电视台主持“警方热线”节目，每天仍和警察们打交道。每当我看到一个个身穿防弹衣、出生入死的警察时，心里总是无法平静。对于普通人来说，穿上防弹衣意味着生，对于警察们来说，穿上它却肩负起一种特殊使命，潜台词就是：面对危险，让我先上。

花开的声音

杰夫瑞医生是位非常著名的耳科专家，多年来，他一直致力于让失聪者恢复听觉的耳蜗移植研究。杰夫瑞医生经过数年的不懈努力，终于将耳蜗移植恢复的成功率从50%提高到了接近70%。在他的帮助下，许多生活在沉寂里的失聪者重新获得了聆听世界的机会，其中有些失聪者的听力甚至从零恢复到了大抵正常的程度。于是，失聪病人们视杰夫瑞医生为救星；媒体称赞他是创造奇迹者；一些机构授予他奖章；杰夫瑞自己也感到很骄傲。

有一年，6个十三四岁的少年从西班牙山区来到杰夫瑞医生所在的慕尼黑，他们是得到慈善机构的捐助前来接受耳蜗移植治疗的失聪孤儿。负责照顾孩子们的领队是个叫露茜的年轻修女，她生得瘦小单薄，但性情温和开朗。杰夫瑞医生分别为6个孩子进行了耳蜗移植，其中的3个听力恢复迅速；另外两个经过配合治疗，也逐渐有了进步。只剩下一个叫丹的男孩，杰夫瑞医生先后为他做了3次耳蜗移植，尽了一个医生最大的努力，但丹始终不见有丝毫的起色。

冬天过去，春天也过去了，到夏天来临的时候，杰夫瑞医生只得带着深深的遗憾告诉露茜修女："非常抱歉，丹恐怕就属于那30%永远都无法恢复听力的失聪者。"

露茜修女也很难过，因为每个孩子都是怀着同样的希望而来，现在却有一个失望而归。很快，那个叫丹的男孩也似乎意识到了自己不妙的境况。他开始郁郁寡欢，时常把自己关在病房里，并且有意回避另外5个已经跟自己"不一样"的同伴。

小男孩的状况让杰夫瑞医生的内心备受煎熬，他能够理解丹的痛苦，却又无能为力。而且，出于医生的责任，他还必须把残酷的真相告诉丹。

宣布治疗结果前夕，善良的露茜修女跟杰夫瑞医生商量："是不是可以换个方式告诉他呢？也许在一个适当的场合说出真相，孩子会容易接受一些。"是呀，成年人都会无法承受这个现实，何况他还是个孩子。杰夫瑞医生点点头，说道："什么场合告诉他比较好一点呢？"露茜修女略微想了想，说出了一个地方——茵梦湖。

茵梦湖是慕尼黑所在的巴伐利亚州的一个美丽湖泊，地处阿尔卑斯山中。四周山林环抱，湖水宁静清澈，而且，每到夏天，湖中会开放一片一片美丽的睡莲。

在一个晴朗的清晨，杰夫瑞医生和露茜修女带着6个孩子前往茵梦湖。因为长期从事耳蜗治疗，杰夫瑞医生也懂得一些聋哑人手语。在路途上，他看见露茜修女用手语告诉孩子们："我们今天要去听一听睡莲花开的声音。"她用的是个很明确的"听"，而不是"看"。真是奇怪，难道她不明白可怜的丹什么都听不到吗？

夏天的清晨，站在湖边，能看见微红的晨曦从天边一点一点泛起来。湛蓝色湖水里渐渐呈现出岸边树林的倒影，偶尔有几只早起的鸟儿掠过湖面，啾啾的叫声在空明的水天之间格外清脆。露茜修女选了一片临岸的睡莲，那些圆圆的绿叶贴着湖水，上面还带着零星剔透的露珠。而一朵朵白色的花蕾俏皮地点缀其间。6个孩子依次排开蹲下，露茜修女让每个孩子将手轻轻抚在花蕾上，她自己也挑了个能抚摸花蕾的位置，然后向孩子们做了几个手势——指指心，指指耳朵，闭上眼睛。于是，6个孩子顺从地照露茜修女的吩咐，安静地合上眼睛抚着睡莲花蕾。

不一会儿，太阳升起来了。一旁的杰夫瑞医生这才惊讶地发现，原来那些睡莲竟是在阳光照耀的瞬间绽开的。在静谧的环境里，他甚至能听见花瓣开时的“叭”、“叭”声，那是一种很轻微的震动的声音。如果不用心去“听”，即使正常人也可能忽略掉。

孩子们抚摸着的花蕾一朵一朵地在阳光里绽开来，虽然闭着眼睛，但杰夫瑞医生肯定他们都能清晰地感觉到花开的瞬间。果然，那些孩子们惊喜极了。他们先是睁开眼睛仔细端详那些盛开的花朵，然后抑制不住争相打着手语欢快地交流，连丹也不例外。

这时，露茜修女站起来，微笑着朝孩子们打着手语，语重心长地告诉他们：“其实，这个世界上有很多美妙的声音，只要我们有一颗对生活永不绝望的心就一定可以听见。”比画完，她特别用眼睛盯着丹。

丹回应了露茜修女一个热烈的手势，激动地扑过去和她拥抱。接着，另外5个孩子也围拢过去，抱成一团儿。

是的，丹或许因为无法恢复听力有一点点难受，痛苦很快就会过去，更重要的是他真的“听”懂了睡莲花开的声音。

目睹一切的杰夫瑞医生静静地站在一边，许久都没有动。作为医生，他已经看惯了太多的伤心、无助乃至绝望，但现在，他却感慨得泪流满面。人们习惯于把他看做创造奇迹的人，而实际上，这位平凡的露茜修女才是创造奇迹的人，她创造了医学无法达到的奇迹。

能给予就不贫穷

教师节那天，一大群孩子争着给老师送来了鲜花、卡片、千纸鹤……一张张小脸蛋洋溢着快乐，好像过节的不是老师倒是他们。

一张用硬纸做成的礼物很特别，硬纸板上画着一双鞋。看得出纸是自己剪的——周边很粗糙；图是自己画的，图形很不规则；颜色是自己涂的，花花绿绿的，老师能穿这么花的鞋吗？

上面歪歪扭扭地写着："老师，这双皮鞋送给你穿。"看看署名是一个女孩——这个班级他刚接手，一切都还不是很熟，从开学到教师节，也就10天。

他把"鞋"认真地收起来，"礼轻情义重"啊！节日很快就过去了，一天他在批改作文的时候，看到了这个女学生送他这双"鞋"的理由。

"别人都穿着皮鞋，老师穿的是布鞋，老师肯定很穷，我做了一双很漂亮的鞋子给他。不过那鞋不能穿，是画在纸上的，我希望将来老师能穿上真正的皮鞋。我没有钱，我有钱一定会买一双真皮鞋给老师穿的。"

这是一个不足10岁的女孩子，一双眼睛清澈得没有任何杂质。当她站到他面前的时候，他似乎找到了答案。

他看到了她正穿着一双方口布鞋，鞋的周边开了花，这双布鞋显然与他脚上的布鞋不一样。

于是有了下面的问答。

"爸爸在哪里上班?"

"爸爸在家，下岗了。"

"妈妈呢?"

"不知道……走了。"

他再一次看了看她脚上的布鞋，那一双开了花的布鞋。他从抽屉里拿出那双"鞋"来。这时他感受出这双布鞋的分量。

她问："老师你家里也穷吗?"

他说："教师家里不穷。你家里也不穷。"

"同学都说我家里穷。"她说。

他说："你家里不穷，你很富有，你知道关心别人，送了那么好的礼物给老师。老师很高兴，你高兴吗?"

她笑了。

"和老师穿一样的鞋子，高兴吗?"老师问道。她用力地点点头。

他带她来到教室，他问大家："老师为什么穿布鞋呢?"有的同学说，好看。有的同学说透气，因为自己的奶奶也穿布鞋。有的同学说健身，因为自己的爷爷打拳的时候都穿布鞋。很奇怪没有人说他穷。他说穿布鞋是一种风格，透气，舒适，有益健康。

后来这位老师告诉同学们，脚上穿着布鞋，心里却装着别人，是最让老师感到幸福的！只有富有的人才能给予别人，才能给予别人幸福，能给予就不贫穷。

最后一美元

20年前那个雨雪霏霏、北风猎猎的季节，刚刚中学毕业的我，带着对音乐的狂热，只身来到纳什维尔，希望成为一名流行音乐节目主持人。

然而，我四处碰壁。一个月下来，口袋里差不多空空如也。幸而一位在超级市场工作的朋友用那里准备扔掉的过期食品偷偷接济我，我才勉强度日。最后，我只剩下一美元，却怎么也舍不得把它花掉，因为上面满是我喜爱的歌星的亲笔签名。

一天早晨，我在停车场留意到一名男子坐在一辆破旧不堪的汽车里。一连两天，汽车都停在原地。而那名男子每次看到我都温和地挥手。我心里纳闷，这么大的风雪，他待在那干嘛？

第三天早晨，当我走近那辆汽车的时候，那名男子把车窗摇下来。我停住脚步，和他攀谈起来。交谈中，我了解到，他是到这来应聘的，但因早到了三天，所以无法立即工作。口袋里又没钱，只好呆在车里不吃不喝。

他忸怩片刻，然后红着脸问我是否可以借给他一美元买点吃的，日后再还我。然而，我也是自身难保。我向他解释了我的困境，不忍看到他失望的表情而转身离去。

刹那间，我想起了口袋里的一美元。犹豫了片刻，我终于下了决心。我走到车前，把钱递给了他。他的双眼顿时亮了起来。“有人在上面写满了字。”他说。他没有留意到那全是亲笔签名。那一天，我尽量不去想这珍贵的一美元。然而时来运转。就在当天早晨，一家电台通知我去录节目，薪金500美元。从那以后，我一炮打响。成为正式的节目主持人，再不用为吃穿发愁。

我再没见过那辆汽车和那名男子。有时候，我在想他到底是乞丐，还是上天派来的使者。但有一点是很清楚的，这是我人生碰到的一次至关重要的考试——我通过了。

牵挂的力量

詹姆斯曾是千万富翁，后来他的公司破产了，他的财产和房子都抵押给了银行，他的妻子因此忧郁成疾，不久便病逝了，他的合作伙伴史蒂文也精神失常住进了医院。

只有6岁的女儿和詹姆斯相依为命了。他和女儿搬到了贫民社区。那里垃圾成堆，房间内阴暗潮湿，唯一的好处是房租便宜。

拉里是詹姆斯的大学同学，当得知詹姆斯的情况后，很为他担心。一天早上，经过多方打听，拉里终于找到了詹姆斯的住处。隔很远，拉里便看到詹姆斯背着一个包，准备出门。詹姆斯背的是推销员常用的那种背包，詹姆斯很有可能在外面跑推销。

詹姆斯没走出多远，便被他的女儿喊了回去。那是一个十分可爱的小女孩，可能是屋里光线太暗的缘故，她将一张小桌子搬到屋外做作业。詹姆斯走到小女孩身边，小女孩突然将詹姆斯的双手抓住，放在自己的嘴边轻轻地吹了一口气，口里还说："爸爸，凯琳的这口气会保佑您平安的，您一定要早点回来，凯琳在家等着您呢！"

这时，拉里看到，詹姆斯满脸绽开了自信的笑容。看着詹姆斯轻松地挎上背包一路远去的背影，拉里的眼睛湿润了。

拉里走到小女孩的身边问："你每天都要在爸爸的手里吹一口气吗？"小女孩得意地笑了："是的，妈妈说，每天在爸爸的手里吹一口气，就可以温暖爸爸一整天。"

望着小女孩的笑脸，拉里突然明白，詹姆斯为什么能从这么多苦难中挺过来了。那靠的是牵挂的力量！

爱中有天堂

两个小男孩是最好的小伙伴。在欢乐的童年时光，他们一起唱着歌曲长大。后来，两人一起升到了同一所小学，仍然形影不离。

那一天是个很普通的日子，他照样去找小伙伴一起上学，却发现小伙伴家家门紧闭，空无一人。听邻居说，小伙伴得了一种急病，已被家人送到了医院。他二话没说就背起书包往医院跑，一直跑到筋疲力尽，他终于看到了躺在床上的小伙伴，小伙伴全身虚肿，痛苦不已。他问小伙伴还上不上学去，回答他的是不知所措的哭声。

他一个人去了学校。失去了小伙伴的他开始变得有些闷闷不乐。小伙伴患的是一种无法直立行走的病。他幼小的心灵并不太懂得忧伤，只是替小伙伴感到惋惜和难过，小伙伴不能走路而且失去上学的机会，他该有多么伤心和寂寞。

他终于做出了一个决定：每天背着小伙伴上学跟放学回家。只为了和小伙伴在一起的欢乐和乐趣，只为了小伙伴能够上学并且开心。父母反对，因为怕他承担不起，更是怕影响他的学业。小伙伴的父母反对，因为他们承受不起，他们也担心会影响他的学习和生活。只有小伙伴高兴，两颗童心的碰撞简单而且纯粹，少了世俗与顾虑，仅仅因为他们喜欢和乐意，他们真心真意地想在一起。

他开始背着小伙伴迎来日出，送走晚霞。为了背小伙伴上学，他必须绕远路去小伙伴家中接他上学。他拒绝了所有同学的帮助，用他瘦弱的身躯去背负因为患病而肥胖许多的小伙伴。小伙伴也拒绝让别的同学背，因为小伙伴认为只有他背更安全更可靠更值得信赖。

从小学到初中，无论风霜雨雪，他从未间断接送小伙伴的任务。他从来都认为他在做一件很普通很平常的事，几年里的路程，洒落多少汗水，他从未想过要求小伙伴家中为他做些什么，而小伙伴也从未向他表示过感谢，并且一如既往地做他最要好的朋友。

然而有一天，他得了白血病，急需许多钱和大量血液。小伙伴的父母起初也送了一些钱给他家中，但是后来不见病情好转，就不敢再花钱了。小伙伴得知他需要输血时，毫不犹豫地把胳膊向前伸去，说："把我的血输给他。他病好后还要再背我上学呢！"一句话说得父母大为惭愧，拿出了所有积蓄为他治病。

对爱的最高奖赏

多年前有一个鞋匠，在小城一条街的拐角处摆摊修鞋，寒来暑往，也说不清有多少个年头了。

有一个冬天的傍晚，他正要收摊回家的时候，一转身，看到一个小孩在不远处站着。看上去，孩子冻得不轻，身子微蜷着，耳朵通红通红的，眼睛直愣愣地盯着他，眼神呆滞而又茫然。

他把孩子领回家的那个晚上，老婆就和他怄了气。对于这样一个流浪的孩子，有谁愿意管呢？更何况，一家大小好几张嘴，吃饭已经是问题，再添一口人就更显困窘。他倒也不争执，低着头只有一句话：没人管的孩子我看着可怜。然后便听凭老婆唠唠叨叨地骂。

尽管这样，这孩子还是留了下来。鞋匠则一边在街上钉鞋，一边打听谁家走丢了孩子。两年多的时间过去了，并没有人来认领这个孩子，孩子却长大了许多，懂事、听话而且聪明。鞋匠老婆渐渐喜欢上了这个孩子，家里再拮据，也舍得拿出钱来为孩子买穿的和玩的。街坊邻居都劝他们把孩子留下来，鞋匠老婆也动了心思。有一天吃饭时，她对鞋匠说：要不，咱们把他留下来当亲儿子养。鞋匠闷了半晌没说话，末了，把碗往桌上一丢：贴心贴肉，他父母快想疯了，你胡说什么？

鞋匠还是四处打听，他一刻也没有放松对孩子父母的找寻。他求人写下好多寻人启事，然后不辞辛苦地贴到大街小巷。风刮雨淋之后，他又重新再来一遍。甚至有熟人去外地，他也要让人家带上几份，帮他张贴。他找过报社，没有人愿意帮这个忙，电视台也没有帮助他的意思。他把该想的办法都想了，心中只有一个念头：一定要找到孩子的父母。

终于有一天，孩子的父母寻到了这个地方。他们只是说了几句感谢的话，就急匆匆地带着孩子走了，鞋匠并没有计较什么，只是一起摆摊的人都揶揄他，说他傻。他总是呵呵一笑，什么也不说。

生活好像真的跟鞋匠开了个玩笑，这之后便再没有了孩子的任何音信。后来，他搬离了那座小城，一家人掰着指头计算着孩子的岁数，希望长大了的孩子能够回来看看他们，但是，没有。再后来又数次搬家，直到他死，他也没有等到什么。

若干年后，一个有德有才的小伙子因为帮助寻找失散的人成了名，他在互联网上还注册了一个专门寻人的免费网站。令人惊奇的是，网站竟然是以鞋匠的名字命名的。进入网站，人们看到，在显要位置上，是网站创始人的“寻人启事”。他要寻找的，就是很多年以前，曾经给过流落在街头的他无限关爱和帮助的那个鞋匠。

快乐墓地

在非洲一个叫撒拉的小镇上，有一位叫布基的老人，他的一生过得很不快乐。问其原因，那就是他有好多的人生目标没有实现。布基在临死前觉得：人应该这样活着，不论什么情况，都不应该以牺牲自己的情绪为代价。

但是他的认识为时已晚，因为他得知自己已没有多长时间可以活在这个世界上了。于是布基觉得在临死前还能做些什么呢，他不希望世上的人活得像他一样的不开心。他想啊想，最后终于想到要为后来的人们留下一些文字。他决定在自己的墓碑上这样写：我是一个本应该快乐的人，虽然我的一生也遇到了许多的坎坷，但我相信，这一切挫折不严重。我却因为这些个并不严重的原因，而一生不愉快。我是多么的傻啊！我希望还活着的人们不要像我。不要总是让自己处于烦恼和不快乐之中，自寻烦恼，应该是人生最大的冤枉。

你何必要冤枉自己呢？绝不要这样。

布基没有想到，就是他墓碑上的这一段话，给后来的人们多么深刻的教育，因为这是一个死者对活人的忠告。

后来又有好多人向布基学习。他们在临死前，纷纷要求死后葬在布基的左右，与布基为伴，做他的邻居。他们留下的遗言，也都和布基一样，告诉活着的人们应该怎样更好地生活和热爱生命。

这些遗言中有的写着：笑口常开，知足常乐，使我活得很开心。学我吧，我只有两亩沙地，一片不成材的树林。一生除了饼子和粥，我没吃过什么，但我每天都在说笑中度过。我总是对自己说，就这么快乐地活着吧，活着真好，快乐真好。有了快乐，我不知道我还缺点什么呢！

有一块是这样写的：我的前半生，应该是富裕的，但是为了更加地富有，我一天到晚地拼命工作，还总为一些小事情发愁苦恼。后来，我想开了，放弃了很多可以争取的东西，于是我得到了一种前所未有的轻松。其实人生在世，真的不要在乎你干了些什么，或者成功，或者失败，都不值得你去耿耿于怀。快乐是最实在的。

还有一块这样写的：我活了近百岁，长寿的秘诀，就是心胸开阔。其实人啊，越活越是懂得，在生活中干什么事都不可能一帆风顺的，但没有过不去的坎。淡然处之是我人生的最大发现，淡然了便少了好多的烦恼。快乐才是人活着的根本。

所有的墓碑上，都是这种普通人朴实的语言或者是对人生的一些体会。后来人们就把这里叫做“快乐墓地”。很多人愿意驱车几百里，到这里来转一转，换一换心情，聆听一下死者的教诲！

上帝的妻子

假若我们不能成为上帝，就做上帝的妻子吧！只要我们能和他一样博爱，做他的孩子，或者做他的仆人，都好。

纽约，在寒冷的圣诞夜里，一个大约10岁的小男孩站在百老汇一家鞋店的门前，他光着脚，隔着橱窗呆呆地往里面看，身子因为寒冷而颤抖。

一位女士走近男孩，问道：“小家伙，你这么认真地在看什么？”

“我曾经请求上帝赐给我一双鞋子，我想知道这里面有没有。”男孩回答。

女士牵起他的手，走进店内。她让店员给男孩拿来半打袜子，然后她又问店员，可否打来一盆热水，再拿一条毛巾。店员欣然照办了。

她把小家伙带到店堂后面，脱下手套，跪着身子将男孩的脚放进热水里，为他洗脚，然后用毛巾擦干。

这个时候，店员拿着袜子回来了。女士取出其中一双为孩子穿上，又为他买了一双鞋，再把剩下的几双袜子包起来交给男孩。

在鞋店门口，女士拍着男孩的头说：“小伙子，你现在觉得舒服点儿了吗？”

当她正要转身离去的时候，小男孩在后面拉住了她的手，抬头注视着她的脸。他的眼中含着泪水，用颤抖的声音问这位女士：“你是上帝的妻子吗？”

装满爱的银行卡

她10岁时母亲因病去世，13岁时开长途货车的父亲在一场车祸中丧生。从此，她跟着二叔一家生活。

她是个懂事的女孩儿，学习成绩不错，待人有礼貌，每天尽可能帮婶婶做家务，辅导堂弟学习，决不给大人添一点儿麻烦。

日子一天天过去，18岁那年，她终于如愿以偿考上了心仪的大学。可拿到录取通知书后，她突然对二叔说：“我不想去上大学了，想尽快找份事情做。”二叔家并不富裕，开出租车的二叔一个月只有1000多元收入，婶婶是做家政的，月收入也就五六百元，要供她和堂弟两人吃穿上学，日子过得紧巴巴的。她想，自己若上大学，光学费就是一笔巨大的支出，叔叔婶婶养了她5年，这已让她感激不尽，怎么能再给他们增加负担呢？

二叔听到她的决定后吃了一惊：“人家想考还考不上呢，你考上了却不读？哪有这样的道理！”见她沉默不语，二叔笑了，“你是不是怕我们拿不出你上大学的费用？钱的问题，你不用操心。你父亲出车祸后，人家给了6万元补偿费。那也算是你爸妈给你留下的一笔遗产吧。这笔钱一直由我们保存着，一分钱也没动，专供你上大学用。”

“真的？”她一阵惊喜，用探询的目光看着婶婶。

婶婶看看二叔，点了点头。

二叔还拿出银行卡来让她看，说所有的钱都存在里面。

她悬了很久的心彻底放下了，她又恢复了以往的自信。前往大学报到时，二叔为她办了一张银行卡，说好每个月按时往卡里给她打入生活费。

一开始，她在大学的生活过得很节俭，她把自己每月的消费定在400元以内。她认真算了一笔账，如果在生活上节约点儿，4年大学读下来，父母留下的那笔钱不仅够用，还能省下一些。她大学毕业时恰好赶上堂弟进大学，她要把省下来的钱给堂弟做学费，也算是她对叔叔婶婶养育之恩的一点报答吧。

可是不到一学期她就发现，在繁华的都市里，每月400元根本不够用，除了吃饭，还有其他花销，比如买件好点儿的衣服、买个像样的背包、买支同宿舍女生都有的口红，400元实在是捉襟见肘。她最想买个手机，大学里活动多、朋友多，有手机联系起来会方便些。可买手机需要那么多钱呢……犹豫了好一阵子，她还是给二叔打了电话，讲明自己的意图，请求二叔多打点钱到她的卡里。二叔沉吟了一会儿才说："你走之前，我就应该想到大学生毕竟和中学生不同。你放心，过几天我就把钱打到你的卡上。"

一星期后，二叔将钱打到了她的银行卡上。不久，二叔又专门打电话询问钱是否够用。电话这头，她说："叔，以后每个月给我打300元到卡上就够了。我找了一份兼职，每个月可以挣好几百元呢!"她沉稳的语气让二叔感觉有些奇怪。二叔坚决不让她做兼职，说能保证她的生活费，她只要好好读书就行了。她笑了："二叔，我这是为以后毕业找工作做准备呢。没兼职经历，以后找工作难啊!"

再后来，她又告诉二叔，说她获得了一等奖学金，加上兼职的工资，生活费已足够了，不用再给她的卡里打钱了，爸妈的遗产就放在叔叔婶婶那里吧。

堂弟考上大学了！刚从大学毕业的她特意赶回二叔家为堂弟祝贺。一家人吃过午饭，她掏出一张银行卡交到堂弟手里："小弟，这里面有7000元，虽然不多，但是姐姐的一份心意。你收下作学费吧。姐姐已经工作了，以后你每个月的生活费也由姐姐来承担。"二叔吃惊地看着她说："你才毕业，哪来这些钱？再说，弟弟也应该由我和你婶婶养，怎么能让你出钱？"说着坚决将那个银行卡塞回她的手中。她笑着问："叔，你忘了我父母给我留下了一笔遗产吗？"二叔愣了一下，有些不好意思地看着她，结结巴巴地说："是啊。可那毕竟是你的钱啊!"她眼睛湿润了："二叔，你和婶婶就别骗我了。我早就知道我爸妈根本没什么遗产，所谓的遗产都是你们为了让我安心读书编出来的……"

原来，那一年二叔将买手机的钱刚打给她，她就接到姑姑打来的电话。姑姑生气地说："你这么大了，怎么还不懂事！你二叔供你上学已经很不容易了，这次为了筹集你的学费，又借了一大笔债。你居然还让二叔给你买手机。你怎么好意思向二叔伸手!"她吃了一惊："我爸妈不是给我留下一笔钱，暂时由二叔保管吗?”姑姑惊诧不已:“你爸妈啥时候留了钱给你?你妈妈生病花光了家里的积蓄,你爸爸那次出车祸因为是违章驾驶,根本没得到一分钱赔偿……”那天挂断电话后,她跑到无人的地方,握着那张银行卡流了半天泪。

后来的日子里,她为了获得一等奖学金很努力地学习,课余时间还去打零工、做兼职。她不但用这些钱养活了自己,还往银行卡里一点一点地存钱。她感觉每存进一笔钱,就存进了一份爱。3 年多后的今天,她终于可以将这张装满爱的银行卡交到堂弟的手里……

租个儿子过年

看到那则启事,他的眼睛亮了一下。启事的内容别具一格:期望一名有爱心有亲情观念的男孩子和我们一道过除夕之夜。署名是:一对年迈的老人。

他笑了。毫无疑问,那个地方太适合他当前的处境了。于是,他给老人打电话,说明自己的意思。那端的女人显得异常兴奋!他听女人说:“老头子,终于有人打电话来了!”

按照地址,他敲开了那家的门,这是一个在这座边远小城常见的四合小院。迎接他的两位老人比他想象的还要老,头发都花白了,而且步履蹒跚。

他正不知道称呼什么才好,却见女主人眼圈发红,张开双手,嘴角抽动着说:“孩子,你终于回家了!”

他觉得心里的某处被猛地敲击了一下,眼睛就潮湿了。他不由自主就脱口而出:“妈,儿子回来了!”他一下想起自己的母亲了。

于是一切顺理成章了,他被“父母”拥着走进屋子。一进屋,那种家的感觉就扑面而来。“母亲”拍打着他身上的尘土,“父亲”不动声色地递过一杯红糖水。他开始逐渐进入角色。“母亲”领着他说:“你的房间早就为你收拾好了,一切都是老样子。这边是洗手间,这边是厨房。你先洗一洗,然后,咱一起包水饺。”

他洗了一把脸,一边擦着,一边踱进了他的房间。突然视线里出现了一张放大的照片,是一个 20 岁左右的男孩。

“那是我们的儿子。”他一回头,就发现老头站在身后了。但老人说完这句话,就不再做声。

这时,“母亲”在外面喊起来:“洗好了没有,你们爷俩在那里磨蹭什么?”老头马上换了脸色,笑着说:“好了,我们就去。”

水饺馅是早调好了的，母亲也在擀面皮儿了。擀面杖在她的手下发出欢快的声音。他挽起袖子，坐下来，开始揉面。以往春节，在家里就是这种情景。父亲的任务是烧水，这是一项轻松活，倒上水，打开炉子，就没事了。于是坐在一边，安静地瞧着娘俩快乐地忙活。那些事情，他并不感兴趣，但他知道“母亲”喜欢，所以就听着，有时他会插问一句，“母亲”就把手里的活放下了，瞧着他，跟他解释。

水饺出锅以前，是要放鞭炮的。“母亲”的情绪在这时达到了顶点。她站在屋檐下，看着夜空里烟花缤纷，脸上漾着光芒，指挥着说：“咱们也可以点鞭炮了。”于是，他点燃了，“母亲”竟拍着手到院子里来了，而且，在鞭炮声中，她像孩子般地跳了起来！

然后，一起吃水饺，一起看春节晚会，一起说着笑着。直到“母亲”累了。“母亲”说：“我真高兴啊！可我是真累了。”“父亲”走过来，说：“你得休息一下了。”

他在那天晚上睡得特别踏实。连日的疲惫一扫而光了。当新的一天的阳光射进窗口时，他突然醒来，一下子坐起，半天才清楚了发生的事情。

那对老人看上去神色黯然了。老太太走过来，给他系系扣子，说：“孩子，我知道，无论怎样，我不会取代你母亲在你心中的位置，记着，漂泊在外的时候，常给父母打个电话，抽空儿回家看看他们……”

他觉得眼眶一热，看到老太太泪水流下来，于是伸手轻轻地替她擦拭，一边点着头：“我知道了。”

老头送出来，悄悄地掏出一张钱，说：“真的非常感谢你，这是你的报酬，我们拿不出更多的钱来了。”

他坚决不肯要。他说：“你们已让我明白太多东西了。”

老头仍然道着谢：“是你了了我们一份心愿，你大妈，她实际上活不了几天了，她得了癌症！她最大的心愿就是陪儿子在除夕夜再吃一顿她包的饺子。可我们的儿子，他，再也吃不到了。”

他根本没听清老人后来在说什么，在那一瞬间，他忽然觉得自己变了模样。辞别了老人，他飞快地奔向电话亭，拨通了自家的电话。话筒里传来老母亲的声音时，他已是泪流满面了。母亲一下子叫出了他的名字！母亲没听到他说话，就知道是自己的儿子了！

半天，他哭着说：“妈，我想回家！”电话亭里的小姐莫名其妙地瞧着他。她当然不可能知道，这个打电话的人是一个在逃犯。

爱心第一名

二十多年前的一个初秋，音乐老师带我们去校园旁边的一片小树林练习唱歌。那天天气宜人，很多植物依然披着绿装。

唱歌前，老师要求我们集中注意力，按照她的手势，各个组掌握好节拍，找到“感觉”，将“效果”体现出来。老师还许诺：如果明天我们班在歌咏比赛上获得第一名，她就给每个同学奖励两颗大白兔奶糖。这个诱惑实在太大了，同学们没有不激动的，个个摩拳擦掌。看着老师的笑脸，跟着她的拍子，卖力地唱。

连续练习了3遍，老师越来越满意，不住地夸奖我们。当她要大家休息片刻时，我们竟然纷纷要求继续练习。老师有些感动，说：好吧，这次我们正正规规地“演习”，就按舞台上那样。

起头，开唱。老师手一抬，我们的歌声整齐地汇到一起，声音嘹亮，响遏行云。正唱到动情处，我们忽然发觉老师神色有异，手不动了，两眼望着我们身后的某个地方。大家注意力分散，歌声顿时弱了、乱了。有人窃窃私语：“老师在看什么呀？”大家都回过头……

原来，小树林那边出现一位坐在牛背上的老奶奶。这位奶奶就住在校园附近的村子里，我们偶尔能看到她劳作的身影。但今天情况不对劲：她似乎在哭，腰弓得像虾米，头昏沉沉地垂在胸前。

有同学悄声问：她怎么啦？没有人知道。这时，老师轻轻叹了口气，手垂下来，两眼不再关注我们。有个同学急了：“老师，怎么不练习了？”老师这才回过神，摆摆手：“孩子们，暂停唱歌。”又有同学问：“老师，那个奶奶怎么啦？”老师压低声音：“这位奶奶的孙子前几天死了。”

当时，大家都很肃静。按老师要求，我们必须等老奶奶走远才能唱歌。但是，老奶奶一直坐在牛背上，而牛一直就在树林附近吃草。也不知过了多长时间，下课铃响了，我们再也没有机会练习合唱。老师草草收了场。

第二天的歌咏比赛上，我们连第三名都没拿到。但是，等到再上音乐课时，老师却意外地带来大白兔奶糖，给每个同学发两颗。老师是这么解释的：虽然比赛失败了，但我仍然很高兴——你们的爱心得了第一名。

每人活 50 年

男孩与他的妹妹相依为命。父母早逝，他是她唯一的亲人。所以男孩爱妹妹胜过爱自己。然而灾难再一次降临在这两个不幸的孩子身上。

妹妹染上了重病，需要输血。但医院的血液太昂贵，男孩没有钱支付任何费用，尽管医院已免去了手术的费用。但是不输血又不行，不输血妹妹就会死去。作为妹妹唯一的亲人，男孩的血型与妹妹相符。

医生问男孩是否勇敢，是否有勇气承受抽血时的疼痛。男孩稍一犹豫，10 岁的大脑经过一番深思熟虑，终于点了点头，脸上洋溢着勇气与责任的神情。

抽血时，男孩安静地不发出一丝声响，只是向邻床上的妹妹微笑。抽血后，男孩躺在床上一动不动，目不转睛地看着医生将血液注入妹妹体内。一切手术完毕，男孩停止了微笑，声音颤抖地问：“医生，我还能活多长时间?”

医生正想笑男孩的无知，但转念间又被男孩的勇敢震撼了：在男孩 10 岁的大脑中，他认为输血会失去生命。但他仍然肯输血给妹妹，在那一瞬间，男孩所作出的决定付出了一生的勇敢并下了死亡的决心。医生的手心渗出了汗，他握紧了男孩的手说：“放心吧，你不会死的。输血不会丢掉生命。”

男孩眼中放出了光彩：“真的？那我还能活多少年?”

医生微笑着，充满爱心：“你能活到 100 岁，小伙子，你很健康!”男孩从床上跳到地上，高兴得又蹦又跳。他在地上转了几圈确认自己真的没事时，就又挽起了胳膊——刚才被抽血的胳膊，昂起头，郑重其事地对医生说：“那就把我的血抽一半给妹妹吧，我们两个每人活 50 年!”

所有的人都被震惊了，这不是孩子无心的承诺，这是人类最无私最纯真的诺言。

同别人平分生命，即使亲如父子，恩爱如夫妻，又有几人能如此快乐如此真诚如此心甘情愿地说出并做到呢？所有的人，是的，包括医生，包括护士，包括其他的病人，还包括在尘世间日益麻木并且冷漠的我们。

爱能化解仇恨

以前，有一位非常富有的商人，在他年事已高时，便决定把家产分给 3 个孩子，但在分财产之前，他要 3 个儿子去游历天下，做生意。

临行前，富商告诉孩子们："你们一年后要回到这里，告诉我你们在这一年内，所做过的最高尚的事。我的财产不想分割，集中起来才能让下一代更富有；只有一年后，能做到最高尚事情的那个孩子，才能得到我的所有财产！"

一年很快过去了，3个儿子都回来了。他们都叙述了自己在这一年中做过的最高尚的事。

老大先说："我在游历期间，曾遇到一个陌生人，他十分信任我，将一袋金币交给我保管。后来他不幸过世，我将金币原封不动地交还他的家人。"

父亲："你做得很好，但诚实是你应有的品德，称不上是高尚的事情！"

老二接着说："我旅行到一个贫穷的村落，见到一个衣衫破旧的小乞丐，不幸掉进河里，我立即跳下马，奋不顾身地跳进河里救起那个小乞丐。"

父亲："你做得很好，但救人是你应尽的责任，还称不上是高尚的事情！"

老三迟疑地说："我有一个仇人，他千方百计地陷害我，有好几次，我差点死在他的手中。在我旅行途中，有一个夜晚，我独自骑马走在悬崖边，发现我的仇人正睡在崖边的一棵树旁，我只要轻轻一脚，就能把他踢下悬崖；但我没这么做，我叫醒他，让他继续赶路。这实在不算做了什么大事……"

父亲正色道："孩子，能帮助自己的仇人，是高尚而且神圣的事，你办到了，来，我所有的产业将是你的。"

"爱产生爱，恨产生恨"，懂得用宽容的心，去看待仇恨自己的人；甚至能帮助对方摆脱危险，这样的人，才是真正高尚的人。

第十九个父亲

世雄叔在巷子口开了一间饺子店，生意挺红火，都说世雄叔的饺子成了城里头一绝。咂咂嘴，世雄叔没喝酒也突然有了几分醉意。于是，他在煮饺子时喜欢时高时低地哼着花鼓戏调子。

眼前，他又在煮饺子，又在哼着戏调子。

"叔叔，你店子里能不能让我打钟点工？"

世雄叔撇头瞟了一下，还没把头摆回来，又侧眼看去，这问话的还是一个大妹子。身子有几分单薄，瓜子脸。还有那双大眼睛，似乎多了几分焦虑。

"再往前走百来步一拐，就有一个劳务市场。"世雄叔随口搭了一句话。

妹子说："我不是民工。我在师专读书。只是想在闲时出来打打工挣点钱。"

“噢，从乡下来念书的妹子吧。”

妹子点点头。

她说：“要不，让我试几天工也行吧。不满意的话，你把脸色一跌，我就不来了。”

这话逗得世雄叔有几分乐。他正儿八经打量了妹子几眼，很干脆地：“好嘞，做几天试试看吧。来吃饺子的大多是熟客，丑话说到前头，他们一跌脸色，你走人。”

不过，这妹子没来多久，世雄叔的脸色突然有了几分凝重。当然，他在妹子身上挑不出毛病，一看这妹子就知道是穷窝里咬牙念出书来的。于是，世雄叔就问起她的家境如何。犹豫半天，妹子才告诉他，父亲病了8年去世了，母亲劳累过度也犯了病，家里还有两个妹妹和年岁已高的爷爷奶奶。妹子说：“家里除了被盖和灶台，就是一屋子债！”听了这话，世雄叔的心堵得难受。他是一个下岗职工，明白这日子难熬的滋味。于是，他跟妹子说：“只要这店子还在，你就安心在这里做事。”

这一日，世雄叔却突然跟这妹子说：“你不要来店子干活了。”

“我什么地方做错了吗？”

“没做错什么，你回校园里读书去。”

妹子说：“我还是想挣点钱。”

“钱，我每个月照开给你。我看你呐，还是个读书的料子，回去一心一意念你的书去吧。”

“不干活，我怎么能拿你的钱呢？”

看到妹子不同意，世雄叔不由一叹：“我儿子也有你这般大了。跟他相比，妹子你太可怜了！不嫌弃我这个煮饺子的，我就把你当成干女儿。父亲供女儿读书也算天经地义，这样说总行了吧。”

“谢谢你！不过，我不可怜。”

“呦，你还没吃够苦哇。”

“苦吃过很多，但我不可怜。”妹子望着世雄叔好久，才说：“知道吧，你已经是我第十九个父亲！”

理解也是一种感恩

LI JIE YE SHI YI ZHONG GAN EN

每月 100 元

琼恨一个人，她还告诉 5 岁的儿子：“你这辈子应该永远记住一个人——良，他是我们共同的仇人。”因为良，琼失去了丈夫，5 岁的孩子失去了父亲。

其实，良并没有罪，他是因为正当防卫杀死琼的男人庆的。那天庆喝了许多酒，在麻将桌上，和良发生了口角，很激烈。庆便提着一把刀，红着眼，满村子找良。

良便跑，他不想生事。和一个酒鬼计较，本身就是一件没意思的事，但是，良发现喝醉的庆已丧失理智了。庆跑到良家里，用刀顶住了良的妻子，良知道后，便发疯似的往家奔……

为了保全妻子和自己，良抓起一根木棒不顾一切地砸向拿刀的庆……

良被判无罪后，完全变了一个人，酒戒了，烟也戒了，而且信了基督教，很虔诚。良想对庆的妻子和儿子做一些补偿，因为他总感觉到良心不安，毕竟是他让人家失去丈夫和父亲的。良来到琼那儿，请她原谅自己，他说愿意拿出一些钱帮助孩子读书。

琼见了良，便发疯似的抓他，骂他是杀人犯，要遭报应的，她和儿子会一辈子记着他，永远恨他。对此，良无言以对，听任一个女人做最恶毒的诅咒。

琼失去丈夫后，生活无着，后来改嫁到很远的一个村子。但是不久，她的第二个丈夫在一次矿山事故中被砸断了腿，只得在集镇上摆一个水果摊赚点生活费，她的生活再一次陷入困境。琼在一个村办的食品厂上班，每天工作十多个小时，赚 6 块钱，生活的压力让她像一个陀螺一样转个不停，她甚至开始慢慢淡忘自己的仇恨了。

琼得为儿子的学费赚钱，得为自己的一日三餐奔命，这就是她生活的全部。

琼的儿子因为在学校里被列为扶助对象，很快就得到一个人的资助，每月 100 元钱。这个数字，对于他们来说，已是不小的数目了。资助者是一个城里人，从汇款单上的地址可以看出，钱是从城里汇出的。

当琼第十次领钱的时候，她觉得应该认识一下这个人，向对方表示一下谢意。但是，她不知道这个人是谁。因为她到城里去查过，但地址和姓名全是假的。

钱每月按时汇着，一直进行了 5 年，一共是 6000 元。孩子读完了初中，升入重点高中。

这件事在当地引起了媒体的注意，一个人隐姓埋名资助一个学生 5 年，这可是一个很好的新闻素材。

报社让几位记者设法寻找到这个资助者。记者通知了资助人经常汇款的邮局，让他们协助寻找。终于，在一个下雨的傍晚，那个资助者找到了。竟然是一位妇女，一个脸色憔悴的卖菜农妇!

记者问农妇为什么要资助那个学生，农妇硬是不肯说。在记者的多次说服下，她终于说明了原因："我不是资助者，而是替丈夫赎罪。当年我的丈夫正当防卫杀了这个孩子的父亲，我的丈夫一直为此郁郁寡欢，不久便病逝了，他临死前，让我一定替他赎罪。"

记者便问她："你怎么有能力每月出 100 元钱呢?"

农妇说："我学会了种菜，每天挑着菜篮进城卖菜，一个月有 200 多元的收入。"

最后，农妇对记者说："不要让他们知道，我想资助那个孩子到考上大学为止。"

琼知道了钱是当年的"仇家"送的，是一个和她一样不幸的女人卖菜赚下的。琼说她要见见那个女人。

琼带着和她个子一般高的儿子来到那个让她伤心的村子，在村里人的指引下，他们来到了农妇的家。农妇见他们来了，"扑通"一声便跪在了地上。琼和儿子奔过去，想拉起她。农妇说："我替丈夫给你们赔罪了。"

琼也哭了，她望着"仇人"家破烂的土坯房和这个卖菜供她儿子上学的瘦弱的女人，叫了声"大嫂"，也跪在地上。琼拉着那双粗糙的手，眼泪夺眶而出。

向上的台阶

我曾在老家一所学校教过一届学生，当班主任。班上有个学生外号叫光老大，人长得齐老师的头了，不读书，爱捣乱，与社会的“二流子”也有联系，成天不是给女同学递字条，就是给男同学剃光头，搞得班上乌烟瘴气。

刚开始，我也给他开小灶补课，单独喊到办公室做“思想政治工作”，他却横竖不进“油盐”。后来去他家“告状”，家长说得更气人：“我奈何不了他，全交给老师了，你们要把他教育过来。”再后来，我失去了耐心，对他要么视而不见，要么怒目相向。

有次上课，光老大冷不防越过几张课桌，扇了一个同学一个耳光。我怒不可遏了，走过去揪住他的衣领，狠劲地往办公室里拖，我的另一只手还痒痒的，准备扇他个耳光，但我忍住了。而他更觉得是一种奇耻大辱，扬言要喊人来修理我，但他好像也忍住了。此后我们两人视若仇敌，我把他晾在一边，他也没把我放在眼里，想上课就上，不想上来都不来了。

我们学校没有自来水，煮饭洗澡，要到两里外的村里去挑。那天，我打球崴了脚，偏偏缸里滴水不剩。在走廊上，我看到了光老大，忙喊了一声。

他抬起头，茫然地看着我：“你喊我？”

我笑着说：“我不能喊你吗？”

光老大不做声，站在那里不动。我说：“请你帮个忙，我脚崴了，给我去挑担水来。”

光老大挑了满当当一担水，脸上汗珠直淌，却是一脸的笑。我不经意地在他额头上拂了一下，拂去了一些汗珠，光老大不做声，到教室里读书去了。

次日，他主动上门为我来挑水。我脚好了，不要他挑水了，他还争着去挑。在农忙假、暑假里，我在家里割麦打禾挖红薯，他也不请自到，很“哥们儿”。我的话他很听，上课不再吵，与社会上的“二流子”也断了关系。更出乎意料的是，后来他考上了高中，还考上了大学。直到现在，还时不时给我发个短信，打个电话，逢年过节，也来看望我这个老师。

有一次，我问他，我曾对他好过，也对他凶过，“威逼利诱”都不见效，怎么一下子就转过来了呢？他说，就是那次喊他挑水。“那时，我的感觉是，老师需要我帮忙，我心里涌起了一种异样的感觉。”

我明白了，能给别人帮助，是他当时最需要的一种自信、一种责任感，这让他感觉自己是有用的，触动了他内心善的一面。我不经意的要求，给了他一个向上的台阶。原来，在他心里一直是渴望做好孩子的。

孩子的理想

我和孩子经常在林间小路上散步，从前他总是抓住我的手一甩一甩，边走边跳的，而现在他常常把我的胳膊向上托。

晚上，孩子的老师打来电话，告诉我，孩子几乎每节课都要去卫生间，而且每次都会迟到。我的心一下子揪了起来，他在幼儿园曾经有过这个毛病，在医生的帮助下调养了很久才好的。现在怎么会又犯了呢？放下电话，我心急如焚，医生说过，治疗这种病不能有心理压力，我决定先观察几天。

星期六是他的7岁生日，亲友们热热闹闹地聚在了一家餐厅，因为他是我们这个大家庭里唯一的孩子，几乎每个人都牢记着他的生日。各式各样的生日礼物，金灿灿的王冠，写着祝福的蛋糕，都让他兴奋无比，也让我忘记了他的病。

真是凑巧，这天餐厅里还有两个孩子过生日，于是几家人建议让3个小寿星坐在一起。孩子们兴奋得高呼起来，引得饭店的老板也走出来了，他兴致勃勃地提出要给他们生日礼物，但要求他们展示自己的才华。孩子们的即兴表演真的很精彩，吸引了许多客人的注意力。

老板的礼物拿出来了，我看见我的孩子眼睛一亮，紧紧盯住其中的一件礼物，那是一支蓝猫枪。他曾经给我描述过许多遍的一支枪。

老板提出，他将问一个问题，回答得最好的孩子，可以第一个挑选他最喜欢的礼物。因为3件礼物是不同的。

问题出乎意料的老套：你的理想是什么？要求说出理由。我看见我的孩子偷偷地笑了，眉目间是藏不住的得意，他以为一定会博得阵阵掌声的。我也笑了，冲他做了一个必胜的手势。

第一个孩子说要成为一名警察，第二个孩子说要做警察局局长，大家笑得前仰后合。轮到我的孩子了，他站起来，烛光如花朵般洒在他的脸上，那一刻，小小的餐厅显得异常安静，亲友们的目光格外殷切。

他用清亮的声音说："我的理想是，永远和安锐一起上厕所，但理由我不会说的。"

哄笑声，惊呼声，大人们惊诧的眼神，交头接耳的议论，家人尴尬的脸。一些就餐的孩子边笑边做鬼脸，其中一个肆无忌惮地喊着："他脑子有病啊！"

我可怜的儿子，此时还没有把目光从蓝猫枪上收回来。老板不停地干咳，也许他真不知道该如何收场。

我的直觉告诉我，一定要以最快的速度带我的孩子离开这里。他刚刚7岁，他有权说愚蠢的话，有权做愚蠢的事情，任何人都无权如此伤害他！我牵了他的手，这时候，他的手居然又轻轻地托起我的胳膊。这个习惯性的动作让我的心隐隐一痛，我们一起逃离了餐厅。

“妈妈，你记得安锐吗？我上幼儿园的同学。”孩子握着我的手。

我当然记得，3年前，安锐从五楼的阳台上摔下来，伤得很重，媒体做了大量报道，许多人自发地到医院去捐款，安锐父母流泪的大幅照片，至今还烙在我的心里。

儿子告诉我，安锐现在是他的同学，但他留下了严重的后遗症，他的腿软弱无力，在学校上厕所的时候，总要跪着上，而且他每节课都要去卫生间。有许多同学去帮助他，可是安锐无法忍受老师在表扬那些同学的时候，总是要提到他和“上厕所”这几个字。安锐感到羞耻，他恼怒地拒绝了别人的帮助。我的儿子告诉安锐，他会为他保密，他不要表扬，不要小红花，不要奖状，所以安锐接受了他的帮助。

我终于知道了，我的孩子身体没有病；我也知道了，孩子搀扶安锐已经成了一种习惯，所以才会那样去托起我的手臂，他的善良也成了一种习惯。

为自己储蓄幸福

费了九牛二虎之力，我们终于搬进了新家。送走了最后一批前来祝贺的朋友后，我与妻子便重重地躺在沙发上休息。

忽然，门铃响了。咦，这么晚了还有客人？我们忙起身开门，门外站着两位不认识的中年男女，看上去是一对夫妻。

在疑惑中，那男子介绍他们是一楼的住户，特地上来祝贺我们乔迁之喜。

哦，原来是邻居啊！我赶紧将他们往屋里让。李先生连忙摆手：“不麻烦了，不麻烦了，还有一件事请你们帮忙。”

我说：“千万别客气，有什么事情需要我们效劳？”李先生道：“以后出入单元防盗门的时候，能不能轻点关门，我老父亲心脏不太好，受不了重响。”说完，静静地看着我们，眼里流露出一股浓浓的歉意。

我沉吟了片刻：“当然没问题，只是怕有时候急了顾不上。既然你父亲受不了惊吓，为什么还要住在一楼？”

李太太解释道：“其实我们也不喜欢住一楼，既潮湿又脏，但是老爷子腿脚不方便，而且心脏病人还要有适度的活动。”听完后，我心里顿时一阵感动，便答应以后尽量小心。两口子千恩万谢，弄得我们挺不好意思的。

在接下来的日子里，我发现我们的单元门与别的单元门的确不太一样，大伙儿开关铁防盗门时，都是轻手轻脚的，绝没有其他单元时不时“咣当”一声巨响，一问，果然都是拜李先生所托。

时间过得很快，转眼一年过去了。有天晚上，李先生夫妻又摁响了我们家的门铃，一见到我们，二话没说，先给我与妻子深深地鞠了个躬，半晌，头也没抬起来。

我急忙扶起他们询问。李先生的眼睛红肿，原来昨天晚上，李老爷子在医院病故了。前些时候，他对儿子交代过：非常感谢大家这些年对自己的照顾，麻烦各位了，要儿子见到年纪大的邻居叩个头，年纪轻的，鞠一躬，以表示自己对大家的感激。

我用眼睛偷偷一扫，果然在李先生笔挺裤子的膝盖处有两块灰迹，想必是叩头时留下的。

送走了李先生夫妻，我不禁感慨：“轻点关门只是举手之劳，居然换来了别人如此大的感激，真是想不到也担不起啊。”生活就是这样，当你在为别人行善时也在为自己储蓄幸福。

馒头的故事

高一那年，年级组织去千岛湖春游。那时候，我们年轻的班主任新婚度假，于是更为年轻的实习老师成了我们班的带队老师。实习老师一宣布这个令人兴奋的消息，教室马上被大家的喧闹声所炸响。同学们纷纷问一些关于春游要注意的事项和所交的费用等问题，接着实习老师又问了一句：“大家还有什么问题吗？”

很长的时间，没有人举手也没有人站起来，谁也没有注意到角落里来自山区的那个女孩子，她微举着手，手指却颤抖着没有张开来，颤巍巍的嘴唇一张一合却没有声音。很久很久，女孩子站了起来，用极低的声音问：“老师，我可以带馒头吗？”一阵其实并没有恶意的笑声刺激了女孩子，她的脸通红通红的，低着头默默地坐下，眼泪无声地沿着脸颊流了下来。漂亮的女实习老师走过去，抚摸着她的头说：“你放心，可以带馒头的。”

出发的前一天，女孩子拿着饭票买了 6 个馒头，然后低着头好像做贼似的跑回宿舍。宿舍里几个女同学正在收拾春游要带的零食，还唧唧喳喳地讨论着什么。女孩子直奔自己的床，迅速地用一个塑料袋把馒头装了进去，女同学的讨论声似乎小了下去，女孩子的眼眶红了。

出发的那天下着雨，雨淅淅沥沥地洗刷着女孩子的心情，在她的背包里有 6 个馒头。女孩子没有带伞，只好和别的同学挤在一把伞下，为了不因为自己而使同学淋湿，女孩子不住地把伞往同学那边移。等赶到目的地千岛湖时，女孩子的一半身子湿漉漉的，身上的背包也湿漉漉的。大家纷纷冲向饭馆吃饭去了，女孩子一个人待在招待所里，等大家都走完以后才从背包里取出馒头。可是，由于塑料袋子破了一个洞，湿透背包的雨水将馒头泡透了，女孩子就这样一边流泪一边嚼着被雨水浸泡过的馒头。

女孩子还没有吃完一个馒头，同学们就回来了。她没有料到她们会回来得这么快，来不及藏起湿透了的馒头，只好匆忙地往还没有干的背包里塞。班长妍突然说："哎呀，我还没有吃饱呢，能给我一个馒头吃吗？"女孩子不好意思摇头也没有点头，妍已经打开她的背包拿出馒头啃起来。其他几个同学也纷纷走过来拿起馒头一边嚼一边说："其实还是学校食堂做的馒头好吃。"

转眼，女孩带来的 6 个馒头都被同学们吃完了，女孩子看着空了的背包只有无声地落泪。

第二天，到了大家该吃早饭的时候，女孩子偷偷一个人走了出去。雨已经停了，女孩子的心却在落泪，如果不是自己央求父亲借钱交了车费本来就可以不来的，可是千岛湖是那么秀美，女孩子怎能不心动？女孩子在招待所附近的一座矮山上一边后悔一边默默地落泪。是班长妍最先找到女孩子的，妍拉起她的手就走，说："我们吃了你带来的馒头，你这几天的饭当然要我们解决呀！"女孩子喝着热腾腾的粥吃着软软的馒头，眼圈红红的。

后来总有人以吃了女孩子的馒头为理由请她吃饭，使她不再嚼着干涩难咽的馒头，使她可以和所有其他同学一样吃着炒菜和米饭。女孩子的脸上渐渐有了笑容，她默默接受了同学们不着痕迹的馈赠，默默地享受着这份单纯却丰厚的友谊。女孩子没有什么可以用来感谢她的同学，只有用更加努力地学习，更加积极地去帮助别人和总是抢先打扫宿舍卫生来表示她的感激。后来，这个女孩子不仅是班里学习最好的一个，也是人缘最好的一个。

因为女孩子知道，同学们给了她金钱所不能买到的善良和真诚。他们的友谊就像春天里最明媚的那一缕阳光，照射在她以后的人生道路上。

第七条白裙子

和婉同宿舍的 6 个女生都来自城市。不用说，婉来自乡下。进入初夏的一天，同室的雅文从街上买回一条洁白的连衣裙。几个女孩子一下围过去，又捏又揉，争着试穿，赞叹之声不绝。最后，大家商定，她们宿舍的每个人都买一条这样的白裙子。想想看，7 个清纯漂亮的大一女生，身着一色的白裙在校园里鱼贯而行，怕是要引起一场不小的骚动呢！她们征求婉的意见，婉从书上抬起眼睛，极不自然地笑笑，未置可否。

两周后宿舍里便有了 6 条那样的白裙子，只有婉出入还是那身土里土气的衣服。她们催婉快些往家写信要钱。写，还是不写？婉心里非常矛盾。她清楚家里的情况，父母供她上大学已是债台高筑。180 元一条的裙子也许算不上高档，而对于一个贫困的家庭，这个数字意味着什么？一想到父母疲惫的身影，婉怎么也不忍再开口向他们要钱。可婉真的很想拥有一条那样的白裙子，上天赐给她姣美的容颜和亭亭玉立的身材，只要稍作打扮，她马上就能脱颖而出。

信还没来得及发出，却收到了家里的信。父亲说，为了能让婉念完大学，打算让她弟弟辍学，外出打工以贴补家用。

婉将刚写好的信撕得粉碎，然后重写了一封，告诉父亲无论如何要让小弟继续上学，她在这儿花不了多少钱，况且期末能拿到奖学金。

信“咚”的一声进了邮筒，关于一条白裙子的梦想也“咚”的一声沉入海底。那晚婉失眠了。上铺的雅文睡梦中翻了个身，她的白裙子飘然滑落下来。婉轻轻捡起来，那柔软的布料丝一般爽滑，她把它贴在脸上摩挲着。她突然想穿上它试试，哪怕只是一小会儿她也会满足的。这种欲望驱使着她悄悄起床，将那条裙子罩在了身上。她对着月光左看右看，心里不胜惊喜又万分紧张，想在屋里走动走动，又怕惊醒了她们，于是蹑手蹑脚出了寝室。

校园里寂静无人，月华如水倾泻在草坪上，月季花羞涩地打着朵儿。婉穿过红漆长廊，又绕着花坛转了一圈，荷叶边的裙裾在她脚下飞扬。今夜，婉是月宫里出巡的嫦娥。

婉想，她该回去了，她不敢奢望太多的幸福，只这一会儿就够了。婉提着裙裾轻轻上楼，又轻轻开门……

突然“啪”的一声电灯亮了，“这么晚了你……”雅文的话只说了一半。所有的人都已醒来，傻子一样看着婉。婉只觉得脑子“嗡”的一声，接着便是一片空白。雅文反应快，伸手拉灭了电灯，她们又都不声不响地睡下了。屋里恢复了死一般的寂静，婉呆立中央，两眼一闭，那一刻她知道了什么叫入地无缝。好一阵子，婉才走到床边，很平静地脱下裙子，叠好放在雅文枕边，之后她钻进被子，蒙上头，这才任泪水恣意流淌。

第二天，雅文她们像是商量好似的，都把白裙子悄悄藏匿了起来，换上了平时穿的衣服。那以后，原本就孤独的婉更加形单影只。她每天早出晚归，一个人低着头来去匆匆，白天泡在图书馆里，晚上熄灯以后才偷偷溜回宿舍，一整天也难得说上一句话，对任何人都抱着一种敌对情绪，总觉得她们都在嘲笑自己。婉想：也许我不该到这里来，我就像花园里拱出的一株玉米，孤零零地立在那儿，浑身上下透着自卑自怜。婉甚至想到过退学。

不过，有一点儿令婉很感动：这段时间以来，宿舍里谁也没有再穿过一次白裙子。

一个多月后的那个星期天，雅文她们都到街上玩去了，婉像往常一样在图书馆待了一整天。晚上她独坐在花坛旁边，双手捧腮，任思绪与月光一起流淌。这一天是她 19 岁的生日。回去的时候宿舍里已没了灯光，想必她们都睡下了。悄悄开门进屋，突然一道火光点亮了一支红烛，6 个身着一色白裙的女孩围坐在桌旁，望着婉眯眯地笑。桌子上摆着一小盒精致的蛋糕。雅文走过来，将一个包装精美的纸盒递给她说："生日快乐!"婉愣了好一阵子，然后用颤抖的手解开红丝带，打开，是一条和她们身上一模一样的白裙子。

原来这一个多月里，她们牺牲了所有的课余时间，两个到食堂打扫卫生，三个到校门口的餐馆打杂，雅文则找了一份家教。这样辛苦一个月，居然挣到了 300 多块。

婉能说什么呢？她什么也说不出口。一切的苦恼都不过是她的自卑罢了。婉将那条白裙子捂在脸上，任泪水把它浸湿……

宿舍里有了第七条白裙子，校园里也从此多了一道亮丽的风景。那以后，她们 7 个一起参加各种集体活动，一起到校外挣一些微薄的收入。

大学四年，除了那条白裙子，婉的确没穿过一件像样的衣服，但她再也没有因此而自卑过。她曾穿着土里土气的衣服参加过学校的演讲比赛，并取得了名次；也曾穿着母亲手工做的布鞋和系里最潇洒俊朗的男生跳过舞。从来没有谁因为她的衣衫而忽略她的美。

紫水晶的故事

那年的夏天非常热，整个小镇都被刺眼的阳光照得明晃晃的，空气里间或发出微微的声响，仿佛只要划一根火柴就能点燃。街上静悄悄的，难得看见一个人，天太热了，大家都躲在家里不愿出门，连罗埃里先生家那条最爱在街上捣乱的狗也很老实地趴在了空调房里。这时的小镇上只有一个地方最热闹，就是镇上教会学校的篮球馆。

邦妮还有几天就要离开小镇到温哥华去做心脏移植手术了，虽然大人们都瞒着她，不过她从他们焦虑的眼神中已经猜到了手术成功的几率并不高。正因为如此，她更加眷恋这个生活了16年的小镇。邦妮在临走前总爱到篮球馆看小男孩们打篮球，他们的青春和健康让她感到快乐和希望。于是，小学篮球馆的看台上总会坐着这个特别的观众。

暑期篮球队里一共有13个小男孩，10个正式队员，还有3个是后备。在这些小男孩里。邦妮最欣赏那个叫罗杰的孩子。罗杰是队里的后备队员，虽然他和大家同龄，但很显然，他的发育远远比不上他的那些伙伴们，他的个头小，弹跳力也不是太好，虽然他有很熟练的运球技术，可在比赛场上的优势并不明显。也许正因为如此吧，队员们不大爱给他上场的机会，还常常嘲弄他。可罗杰却从不气馁，仍是日复一日地参加篮球队的各项训练和活动。每当他从跌倒的地板上坚决地爬起时，轮椅上的邦妮总能感到自己的眼睛有一点儿潮湿。

也记不清是第几次了，邦妮又看到那些孩子们拒绝让罗杰上场，他们还趁教练不在的时候，大声地嘲弄他跳起抢球的样子有多愚蠢。这一次邦妮没有看到罗杰一如既往地坚持，他只是黯然地离开了球馆。

失去了罗杰的篮球馆对邦妮而言，好像是一下子就失去了生气。邦妮的心也黯淡了下来，她失望地想：不论如何坚持，生活中总是少有奇迹的。

邦妮转着轮椅从后门离开球馆，在门口，她却听到了两个人在小声地讨论着什么。说话的人正是罗杰和他的母亲。从他们的谈话中邦妮才知道，罗杰是个早产儿，所以体质较弱，但就是这样的罗杰却偏偏爱上了篮球。虽然先天不足，可罗杰还是想打好篮球。可惜，事与愿违，不论他如何坚持，同伴们还是不愿接纳他。

罗杰和母亲过两天就要离开这个镇子移民到瑞典，但他却仍然争取不到一个上场的机会。也许他也觉得自己已经没有什么希望了，所以他告诉母亲明天他会到篮球队取回自己的私人物品，然后做好移民前的准备工作。母亲要他振作一些，也许明天就会轮到他上场了，罗杰却只是无语地笑笑，那神情就像是邦妮刚才对自己说的：生活中不会有那么多的奇迹。

看着罗杰和母亲越走越远的身影，邦妮心里突然有一种很强烈的欲望，想要尽自己的一切能力为罗杰创造出一个生活中的奇迹来。她知道，这个奇迹带给小罗杰的信心，也许会改变他一生的命运。

邦妮转着轮椅又回到了球馆的更衣室边，她在这里等着球赛结束后前来换衣服的孩子们。球赛终于结束了，小男孩们嬉闹着从球场来到了更衣室。在更衣室前，他们看到了轮椅上的邦妮。

邦妮说出了自己的意图：她希望他们明天能让罗杰上场打球，因为这将是他最后的一场比赛；她还希望他们能让他在球场上有出色的表现。男孩们面面相觑，却没有一人表示赞同。在这几个八九岁孩子的眼里，他们不能理解这种无异于作弊的行为有什么特殊的意义。邦妮从脖子上取下了自己的紫水晶项链，这是母亲从国外带回送给她的，据说能带给拥有者好运。她说作为回报，她将会送给他们每人一颗紫水晶。晶莹的紫水晶在灯光的照射下光芒四射，对这个偏远小镇上的孩子们而言，这确实是一件很不同寻常的交换礼物。孩子们相互交换了一下眼神，答应了邦妮。

第二天，罗杰来到球馆取回自己的东西，如邦妮所料，他得到了一个上场的机会。邦妮坐在看台上。看着罗杰眼里噙着的欣喜的泪水，她的眼睛也不由得湿润了。教练很奇怪为什么今天所有的孩子都有些发挥失常了，而只有小罗杰异常的勇猛，一个人连续进了几个好球。他哪里会知道，这是因为12个孩子的背包里都藏了一颗代表好运的紫水晶。

那些孩子们不会明白，那次比赛对当年只有9岁的罗杰而言到底意味着什么，因为他们丝毫没有察觉到那时的罗杰已经陷入了绝望的边缘，而那场最后的球赛却让他找回了自己的信心，改变了他一生的道路；并且从那天起，他真的开始相信生活里是有奇迹的，因为，那个男孩就是我——罗杰·索耶。

多年以后，我从镇上的朋友那里得知了这件事情的真相，而邦妮还是因为手术失败而去世了。

十几年过去了，如今我已是瑞典斯德哥尔摩大学的一名研究生。不论岁月如何变迁，9岁那年那个酷热的夏天，那场成功的球赛，还有邦妮那串我从未谋面的紫水晶项链，将永远在我的记忆里闪光。

爱默生的帮助

那时，我十分震惊地在房间里兜着圈，尽力想考虑应该把什么东西放进手提箱。因为，我接到妈妈从密苏里州老家打来的电话，妈妈告诉我，我的弟弟、弟媳和两个孩子，还有弟媳的妹妹在车祸中遇难了。“你赶紧回来，越快越好。”妈妈哭泣着说。

丈夫拉里去预定第二天早晨的飞机票，我在房间里徘徊着，精神无法集中。妈妈在电话里说的话一遍一遍地在我的脑海里回荡：“比尔不在了，马里琳也走了，琼，还有两个孩子……”

拉里为我们第二天早上的出发做了安排，接着他给几个朋友打了电话，告诉他们发生了什么事。有好心人要求和我说几句话：“如果有什么我可以帮忙的话，请尽管提出。”

“谢谢，非常感谢!”我总是这样回答对方。但我自己也不知道究竟需要帮些什么，我精神无法集中。

门铃响了，我慢慢起身，缓缓地穿过房间。门开了，爱默生·金默默地站在走廊里。“我是来给你们擦鞋的。”他说。我被他的话给弄糊涂了，让他再重复一遍。

“唐娜得照顾孩子们，”他说，“可是我们想给你们帮点忙。记得我父亲去世时，为了参加葬礼，给孩子们擦鞋就用去了我很多时间。所以，我到这儿来就是给你们擦鞋的。把你们所有的鞋都给我，不只是你们现在穿的鞋，而是所有的鞋。”

爱默生把报纸铺在厨房的地板上，我把拉里的宴会鞋和平时穿的鞋、我的高跟鞋和平底鞋、孩子们的网球鞋都找了出来。爱默生找了一个大盆子，装满了肥皂水，然后从抽屉里拿出一把旧刀，又在水槽下面找到一块海绵。

当我清洗晚餐的盘子时，爱默生还在默默地擦着鞋。事情一件件按部就班地进行。我去洗衣间把一堆洗过的衣服放在烘干机里，等回到厨房时却发现爱默生已经离开了。我们的鞋沿着墙摆成一排，闪闪发亮，没有一丝污迹。过了一会儿，开始收拾行装的时候，我发现爱默生把鞋底也给擦干净了。我可以把鞋直接放进手提箱里，不用担心它们会弄脏衣服。

那天，我们睡得很晚，但第二天起得很早，等到要出发去机场的时候，所有的事情都已经做完了。

现在，当我听说有人失去亲人的时候，我打电话问候时不再笼统地说

"如果有什么事我能帮忙……"的话，我会想一件那个人最需要做的事，比如清洗他们家的车、把狗牵到狗窝里、在葬礼期间替他们照看孩子。

失败者的荣誉

1945 年 9 月 2 日，日本投降仪式在美舰"密苏里号"上举行。上午 9 时，占领军最高司令道格拉斯·麦克阿瑟将军出现在甲板上，这是一个令全世界为之瞩目和激动的伟大场面。面对数百名新闻记者和摄影师，麦克阿瑟突然做出了一个让人吃惊的举动，有记者这样回忆那一历史时刻："陆军五星上将麦克阿瑟代表盟军在投降书上签字时，突然招呼陆军少将乔纳森·温斯特和英国陆军中校亚瑟·帕西瓦尔，请他们过来站在自己的身后。1942 年，温斯特在菲律宾、帕西瓦尔在新加坡向日军投降，两人都是刚从战俘营里获释，然后乘飞机匆匆赶来的。"

可以说，这个举动几乎让所有在场的人都惊讶，都嫉妒，都感动。因为他们现在占据着的，是历史镜头前最显要的位置，这个位置按说该属于那些战功赫赫的常胜将军才是，现在这巨大的荣誉却分配给了两个当了俘虏的人。麦克阿瑟为什么会这样做？其中大有深意：两人都是在率部苦战之后，因寡不敌众，没有援兵，且在接受了上级旨意的情势下，为避免更多战士的无谓牺牲，才忍辱负重放弃抵抗的。我看过记录当时情景的一幅照片，两位"战俘"面容憔悴，神情恍惚，和魁梧的司令官相比，体态瘦弱得像两株生病的竹子，可见在战俘营没少遭罪吃苦。

然而，在这位麦克阿瑟将军眼里，似乎仅让他们站在那儿还嫌不够，他做出了更惊人的举动……

"将军共用了 5 支笔签署英、日两种文本的投降书。第一支笔写完'道格'即回身送给了温斯特，第二支笔续写了'拉斯'之后送给帕西瓦尔，其他的笔，在完成所有手续后分赠给美国政府档案馆、西点军校（其母校）和其夫人……"

麦克阿瑟可谓用心良苦，他用特殊的方式向这两位尽职的蒙难者表示尊敬和理解，向他们为保全同胞的生命而做出的个人名望的巨大牺牲表示感谢……